Nicholas Stuart Gray

GRIMBOLDS REICH

Deutsch von Hans Erik Hausner

Annette Betz Verlag

CIP-Kurztitelaufnahme der Deutschen Bibliothek

Gray, Nicholas Stuart:
Grimbolds Reich / Nicholas Stuart Gray. Dt. von
Hans Erik Hausner. [Ill. von Brigitte Smith]. –
Wien; München; Heidelberg: Betz, 1983.
Einheitssacht.: Grimbold's other world ‹dt.›
ISBN 3-219-10267-0

B 320/1

Aus dem Englischen von Hans Erik Hausner
Originaltitel »Grimbold's Other World«, erschienen im
Verlag Messr. Faber and Faber Limited, London

Umschlag und Illustrationen von Brigitte Smith

Papier und Gesamtherstellung: Salzer - Ueberreuter, Wien
Printed in Austria

Inhalt

VORWORT

Der Geschichtenerzähler

Am Fuß eines hohen Berges lebte einst ein Junge. Man nannte ihn Mummel, aber das war nicht sein Name. Als Baby hatte man ihn am Wegrand im Nest einer Henne gefunden, und niemand wußte, wie er da hingekommen war, außer vielleicht die Henne, aber die konnte es nicht verraten. Die Leute im Dorf beschlossen, ihn an Kindes Statt anzunehmen und ihn so für das gleichgültige Betragen seiner unbekannten Eltern zu entschädigen. Sie nannten den Jungen Mummel, weil er in ein weißes Seidentuch gemummelt war, als sie ihn fanden.

»Wir werden keine Schwierigkeiten mit ihm haben«, meinten sie. »Wenn er älter ist, kann er die Ziegen hüten. Und er ist ein wirklich hübscher Junge.«

Mit zwei von den drei Dingen hatten sie recht. Er war ein sehr hübsches Baby und mochte Ziegen. Aber er irritierte die Leute.

Es waren Bauern. Die Frauen gingen den tausend Verrichtungen nach, die zur Landarbeit gehören; die Männer kümmerten sich um ihre Höfe und das Vieh; und die Kinder trieben die Herden auf die Weiden, fielen in den Ententeich, aßen unreife Äpfel, zerbrachen Geschirr und wurden ohne Abendessen ins Bett geschickt – so wie alle Kinder auf dieser Welt. Und anfangs tat Mummel es ihnen gleich. Doch als er größer wurde, änderte er sich. Er fing an, Lieder und Verse zu ersinnen und Geschichten zu erzählen, die mit phantastischen Dingen und Zauberei zu tun hatten.

Die Leute waren bestürzt und versuchten, vernünftig mit ihm zu reden, aber es half nichts. Und mit der Zeit, weil sie ihn gut leiden konnten, quittierten sie seine Ausflüge in das Reich der Phantasie mit nachsichtigem Lächeln und mitleidigem Kopfschütteln.

»Armer Kerl!« sagten sie, wenn er außer Hörweite war. »Er ist nicht ganz richtig im Kopf! Aber was will man – im Nest einer Henne ausgesetzt! Wir müssen Nachsicht mit ihm haben und dürfen es ihn nicht fühlen lassen, daß er anders ist.«

Das war natürlich nicht möglich. Jeder, der anders ist, bekommt es zu spüren.
Mummel war ein netter Junge. Er war klein für sein Alter, hatte blondes Haar und dunkelgraue Augen, und er hinkte ein wenig, denn eines seiner Beine war kürzer als das andere. Dennoch bewegte er sich schnell und leichtfüßig und kletterte gern auf den hohen Berg, der neben dem Dorf aufragte. Er konnte gut mit Tieren umgehen und zeigte dabei viel Verständnis. Als er fast elf war, übertrug man ihm die Aufsicht über die große Ziegenherde, die allen Bauern gemeinsam gehörte. Er trieb die Tiere Tag für Tag auf die Weide, blieb bei ihnen, bis die Dämmerung herabsank, und brachte sie dann nach Hause.
Am Anfang waren die Dorfbewohner nicht einig gewesen, wer den ausgesetzten kleinen Jungen großziehen sollte, aber dann fiel ihre Wahl auf einen jungen Bauern namens Simon und seine Frau Meg. Die beiden hatten zu ihrem großen Schmerz keine Kinder, und so freuten sie sich sehr über Mummel. Sie errichteten einen Pferch für die Ziegen neben dem großen Tor ihres Anwesens, so daß Mummel immer ein Auge auf die Herde haben konnte.
An einem Frühlingsabend, als alle schon zu Abend gegessen hatten und die Kinder sich zum Schlafengehen bereitmachten, saß Mummel auf seinem Zaun und plauderte mit den Ziegen.
»Morgen wird wieder ein schöner Tag«, sagte er zu ihnen. »Wir werden auf eine Weide ganz hoch oben ziehen, wo wir so weit sehen werden können wie ein Adler . . .«
Ein Junge, kaum älter als Mummel, blieb auf dem Weg neben ihm stehen und starrte ihn an. Ein kleines Mädchen hatte seine Hand gefaßt; auch sie starrte Mummel an, aber, wie es schien, mit Entzücken. »Oh!« machte sie. »Du sprichst mit ihnen!«
»Ja«, lächelte Mummel.
»Unsinn!« rief der andere Junge verächtlich. »Es ist nur wieder eine von seinen Geschichten. Und du weißt, was Vater vom Lügen hält!«
Die Augen des Mädchens weiteten sich kummervoll.
»Oh, Mummel, sind das bloß Lügengeschichten?«
»Ich kann mit den Tieren reden«, sagte Mummel beruhigend.

»Aber antworten sie dir auch?« fragte der andere Junge.
»Ja, das tun sie.«
Das kleine Mädchen schenkte ihm ein strahlendes Lächeln.
»Willst du uns verraten, was die große Ziege dir jetzt sagt?«
Mummel warf einen Blick in die Koppel. William, der große alte Ziegenbock, war zum Zaun gekommen, stieß mit seinen geschwungenen Hörnern sanft gegen einen Pfosten und grunzte leise.
»Er sagt, er ist zufrieden und sein Bauch ist voll«, antwortete Mummel. »Er möchte jetzt schlafen und ist nur gekommen, um gute Nacht zu wünschen.«
»Um das zu wissen, brauchst du seine Sprache nicht zu verstehen«, erklärte der Junge.
»Natürlich nicht«, stimmte Mummel freundlich zu.

»Na, ich will dir den Spaß nicht verderben«, lächelte sein Besucher und nahm die Hand seiner kleinen Schwester. »Auch du gehörst schon ins Bett«, sagte er.
Das Mädchen spähte durch die Latten des Zaunes in Williams leuchtende orangefarbene Augen.
»Gute Nacht, Ziege«, sagte sie. »Ich bin froh, daß du zufrieden bist. Ich wünschte, ich könnte mit dir reden so wie Mummel.«
Dann ließ sie ihre Blicke von einem Jungen zum anderen wandern.
»Mummel erzählt keine Lügen«, erklärte sie. »Geschichten erzählen ist etwas ganz anderes.« Sie setzten ihren Weg fort und riefen durch die Dämmerung zurück: »Gute Nacht, Mummel.«
»Gute Nacht, ihr beiden.«
Dann blickte er William lange und nachdenklich an.
»Ich versteh dich recht gut, mein Freund«, sagte er. »Trotzdem wäre es schön, wenn ich deine Sprache sprechen könnte – dann würdest du auch *mich* verstehen.«
Einige Ziegen meckerten leise, und es klang so, als ob sie lachten.
»Zumindest könnten wir über dieselben Witze lachen«, fügte Mummel hinzu.

Die Stummen

Dank seines Rings, so geht die Mär,
konnt' König Salomon mit allen Tieren reden –
ob Fisch, ob Frettchen, Biene, Vogel oder Bär.
Er kannte ihre Sprache bis zum letzten kleinen Wort.
Der Wal im Meer, der Sperling in der Luft
erzählten ihm, was neu an diesem oder jenem Ort.
Doch ist auch jeder ohne solchen Ring imstand,
das, was die Tiere reden, zu verstehn – hier und im ganzen Land.

Hört ihr's winseln und blöken, zirpen und schnurren?
Es ist des Federviehs und Pelzgetiers Lachen und Murren.

Ein Gebrüll, ein Gejaul, ein heulender Schrei –
da ist ganz gewiß Pein, Leid und Schmerz mit dabei.
Ein hängender Kopf und ein bekümmerter Blick
künden wie beim Menschen von Mißgeschick.
Und welch intelligentes Wesen würde sich nicht hüten vor
einem erhobenen Ruf oder einem zurückgelegten Ohr?

Welch Muttertier bleibt ungehört,
wenn's seiner Brut sich zugekehrt?
Paß auf und horch, schärf deine Sinne,
erkenn ihre Gesten und ihre Miene:
Hast an ihr kläglich Winseln du gedacht?
Es kündet von Gefahr in tiefer Nacht...
Das Muhen der Zufriedenheit, das wütende Geschrei...
wozu brauchte der König da noch Zauberei?

Beobachte sie! Lausche den Vögeln und den Tieren.
Kaum gibt es Worte, klarer als die ihren.
Sie miauen um Milch und zirpen um ein paar Krumen.
Stumm sind sie? Stumm sind nur die Blumen.
Wozu braucht' Salomon den Ring? Wollt ihr mir das verraten?
Was war nur los mit diesem alten Potentaten?
Kann er denn wirklich so ein dummer Tropf gewesen sein?
Wie konnt' er seiner Weisheit so entraten?

Erstes Kapitel

Das Geschöpf der Finsternis

Eines Abends kam Mummel später als sonst von der Weide zurück. Meg hatte sich schon Sorgen gemacht und Simon gebeten, auf die Suche nach ihm zu gehen. Dann hörten sie draußen auf der Straße den dumpfen Aufschlag von Hufen, das Knarren und Einschnappen des Gatters und eine Stimme, die gute Nacht rief. Mummel kam in die Küche; er war feucht von Tau und entschuldigte sich. Er hatte gerade ein Gedicht gemacht, sagte er, und nicht auf die Zeit geachtet.

»Du dummer Junge«, schalt ihn Meg und zauste ihm zärtlich das Haar. »Du bist ja naß bis auf die Haut. Du liebe Zeit! Sicher hast du dir einen Schnupfen geholt!«

Und das hatte er tatsächlich.

Am nächsten Morgen nieste er dreißigmal. Er mußte im Bett bleiben, und Meg meinte, sie hätte es ja gleich gesagt. Sie brachte ihm eine Extradecke und einen heißen Ziegelstein, um sein Rollbett zu wärmen. Dann machte sie Feuer in der Dachkammer, denn der Junge schien Fieber zu haben.

»Jetzt bleibst du schön liegen«, sagte sie, »und schläfst den ganzen Tag.«

»Meine Ziegen ...« wandte Mummel mit krächzender Stimme ein.

»Denen wird schon nichts passieren«, beruhigte Meg ihn und legte ihre kühle Hand auf seine heiße Stirn. »Der kleine Robin von oben an der Straße kann sich um sie kümmern, bis es dir wieder besser geht.«

Damit ging sie, und Mummel schlief ein, und der Tag ging vorüber. Meg kam mehrmals mit heißer Milch; abends brachte sie ihm Kräutertee. Der Tee schmeckte nicht sehr angenehm, und sie tat einen Löffel Honig hinein, um ihn zu süßen.

»Die Ziegen waren wirklich schlimm«, erzählte sie. »Sie liefen Robin davon und kamen hierher zurück. Hast du nicht gehört, wie sie

unter deinem Fenster meckerten? Und sie haben fast alle meine Narzissen gefressen! Wir haben sie auf die große Wiese getrieben, und dort sollen sie bleiben, bis du dich wieder um sie kümmern kannst. Unartige Geschöpfe!« sagte sie und lachte.
Mummel sah ihr zu, wie sie Holzkohle um die glimmenden Scheite im Kamin aufschichtete. Seine Augenlider waren schwer, sein Kopf schmerzte, und er hatte das Gefühl, als ob seine Beine am Bett festgemacht wären. Meg kam zu ihm und blickte liebevoll auf ihn herab. Doch dann bekam ihr Gesicht einen ärgerlichen und mißbilligenden Ausdruck.
»O nein«, sagte sie, »der kann nicht hierbleiben! Wann hat der sich denn hereingeschlichen?«
Sie hob einen großen schwarzen Kater hoch, der es sich auf Mummels Füßen bequem gemacht hatte, ließ ihn zu Boden plumpsen und scheuchte ihn zur Tür. Der Kater musterte sie gleichmütig und verließ dann, ohne sich zu beeilen, die Kammer.
»Ich wußte nicht, daß er da war«, stieß Mummel krächzend hervor.
»Ich auch nicht, mein Kind! Ein freches Biest ist das – nicht so wie meine liebe Dulcie!« Meg klopfte die Kissen auf, während sie weitersprach. »Er hängt schon den ganzen Tag im Hof rum. Muß wohl ein Streuner sein, denn ich habe ihn noch nie im Dorf gesehen. Ein schöner Bursche ist er schon! Aber frech! Ich weiß wirklich nicht, warum ich ihn gefüttert habe.«
»Aber ich weiß es«, sagte Mummel. »Weil er sonst Hunger leiden müßte.«
»Der Kerl würde nie Hunger leiden«, lächelte Meg. »Er ist ein Geschöpf der Finsternis, daran ist nicht zu zweifeln. Er kann hierbleiben und sich sein Futter verdienen, da hätte ich nichts dagegen – aber ich fürchte, er wird sich ebenso heimlich aus dem Staub machen, wie er gekommen ist.«
Sie strich dem Jungen das Haar aus der Stirn und beugte sich vor, um ihn zu küssen.
»Neben dir steht ein Glas Wasser, für den Fall, daß du aufwachst. Aber ich hoffe, du schläfst die ganze Nacht durch.«
Sie blies die Kerze aus und verließ die Kammer. Leise schloß sich

die Tür hinter ihr, und der Raum blieb im Dämmerlicht und im sanften Schein des Feuers zurück.
Etwas Schweres schlug auf das Bett auf, und in der Stille ertönte eine rauhe Stimme.
»Darf ich um deine Aufmerksamkeit bitten?« sagte die Stimme.
Mummel starrte den großen Kater an. Im schwachen Schein des Kaminfeuers schimmerte das schwarze Fell, und die grünen Augen leuchteten.
»Ich dachte, Mutter Meg hätte dich hinausgeworfen?«
»Ich bin wieder zurückgekommen. Niemand kann mir einen Platz zuweisen, wenn es mir nicht beliebt, ihn aufzusuchen.«
Der Kater streckte seine Krallen aus und zog emsig lange Fäden aus der Bettdecke.
»Ich habe noch nie einen Kater reden gehört«, bemerkte Mummel verschlafen. »Bist du wirklich ein Streuner?«
Die Augen des Katers verengten sich zu Schlitzen. Er streckte den Kopf vor und putzte sich das Brustfell. Es schien, als wollte er

nicht antworten, doch dann würdigte er Mummel eines starren Blicks.
»Du denkst vermutlich an ein anderes Tier«, erwiderte er kühl. »Um streunen zu können, muß man erst einmal irgendwo hingehören. Ich gehöre nirgendwo hin.«
»Entschuldige bitte.«
»Katzen sind nicht wie andere Geschöpfe«, fuhr das ebenholzschwarze Tier fort. »Wir leben in zwei verschiedenen Welten. Die eine ist die Welt des Tages, die andere die Welt der Nacht.«
Es klang ein wenig unheimlich, und Mummel lauschte fasziniert.
»Mutter Meg hat also recht«, sagte er. »Sie nannte dich ein Geschöpf der Finsternis.«
»Ich habe es gehört«, erwiderte der Kater stolz. »Aber sie weiß noch nicht mal die Hälfte. Ich bin nämlich Grimbold.«
Mummel schob sich ein wenig auf das Kissen hinauf. Ihm dröhnte der Schädel. Der Kater erhob sich, kam näher auf ihn zu und setzte sich aufrecht mitten auf seinen Magen. Er war sehr schwer, aber Mummel war so von ihm fasziniert, daß er nicht zu protestieren wagte. Er streckte seine Hand aus, und Grimbold berührte sie zart mit seiner kalten Nasenspitze.
»Wie ich hörte, bist du ein netter Kerl – soweit man bei Menschen überhaupt von nett sprechen kann«, sagte er. »Und du schreibst Lieder und erzählst Geschichten von Wundern und Zauberei. Ich dachte, du könntest mir vielleicht an die Hand gehen.«
»Ich?« gab Mummel zweifelnd zurück und nieste dreimal hintereinander. »Ich bin erkältet, weißt du.«
Der Kater beäugte ihn vom Fußende des Bettes, wohin er sich hastig zurückgezogen hatte. »Ja, ich weiß«, sagte er. »Bitte warne mich das nächste Mal, bevor du wieder so explodierst.«
»Ich hatte keine Ahnung, daß ich niesen würde«, entschuldigte sich Mummel. »Ich werde dir gern helfen, wenn ich kann. Es wird bestimmt kein Problem sein.«
»Wollen's hoffen«, versetzte Grimbold geheimnisvoll. »Aber deine Probleme sind nicht meine Sorge. Nur die meines Herrn.«
»Ich dachte, Katzen hätten keine Herren?«
»Das sagt man nur so«, erwiderte der Kater mit einer Pfotenbewe-

gung. »Formulieren wir es einmal so – ich habe einen *Freund* in der Nachtwelt, und er sitzt ganz schrecklich in der Patsche!«
Die Augen des Katers öffneten sich, bis sie wie Laternen in seinem schwarzen Fell leuchteten. Es sah ganz toll aus. Mummel war hingerissen.
»Wer ist dein Freund?« flüsterte er. »Und was hat er angestellt?«
»Er ist der Sohn eines großen Zauberers und hat seinen Vater beleidigt.«
»Oh! ... Und ... und wo ist er?«
Grimbold schloß die Augen und antwortete ein wenig geziert: »Nun denn ... er ist an Händen und Füßen gefesselt in einen Eisblock eingefroren.«
Er kratzte sich am linken Ohr, aber Mummel hatte den Eindruck, daß er besorgter war, als er zu sein schien.
»Und was kann *ich* tun, um ihm zu helfen?«
»Du kennst doch die Katze deiner Pflegemutter, nicht wahr?« gab Grimbold zurück. »So eine kleine, dicke, graue ...«
»Dulcie? Natürlich, ja. Sie ist süß.«
»Kann schon sein«, schnurrte Grimbold tief in seiner Kehle, »aber wie auch immer: sie hat mir erzählt, daß du einmal mitten in der Nacht aufgestanden und auf die Königseiche auf der Wiese geklettert bist, weil du sie da oben schreien hörtest ...«
»Und als ich oben ankam, sprang sie auf der anderen Seite herunter«, fiel Mummel ihm aufgebracht ins Wort.
»Ein Mißverständnis«, sagte Grimbold trocken. »Sie hat nicht um Hilfe gerufen, sondern nach mir. Und darum geht es ja auch nicht. Du hast keine Angst vor der Dunkelheit, und du kannst gut klettern. Und du bist hilfsbereit. Komm mit.«
Der Kater sah ihn fordernd an, und der Junge stieg aus dem Bett. Einen Augenblick lang wirbelte sein Kopf wie ein Kreisel, und seine Beine knickten ein. Er zitterte vor Kälte. Aber es gelang ihm doch, den Stuhl zu erreichen, auf dem seine Kleider lagen. Er fing an sich anzuziehen, schlüpfte in seine alte Wolljacke und schnallte sich den Gürtel um.
»Wie komme ich aus dem Haus, ohne gesehen zu werden?« fragte er. »Mutter Meg läßt mich bestimmt nicht gehen.«

»Das ist kinderleicht«, sagte der Kater.
Glied für Glied streckte er seinen schimmernden Körper. Dann sprang er vom Bett herunter und spazierte zum Kamin.
»Du fröstelst ja«, sagte er. »Macht dir die Kälte zu schaffen?«
»Ich *bin* erkältet.«
»Dann darfst du dich natürlich nicht noch mehr erkälten. Sprich doch ein paar Worte mit dem Feuer.«
»Ein paar Worte mit *wem*?«
»Wie dumm Menschen sein können«, wunderte sich Grimbold. »Alle lebenden Wesen sprechen, nicht wahr? Das Feuer lebt. Hock dich her, Junge, und hör zu.«
Mummel blinzelte den Kater an und gehorchte. Er kniete nieder und beugte sich zu den Gitterstäben des Feuerrosts. Er hörte das Knistern und Prasseln der kleinen Flammen, die rings um die Holzkohle tanzten. Die Wärme rötete seine Wange, aber seine Hände und Füße blieben kalt wie Schnee. Dann hörte er kleine Stimmen, die miteinander wisperten.
»Wie ist es denn draußen?« zischten sie leise.
»Wir werden es bald wissen. Wenn wir zu Rauch werden und davonfliegen.«
»Wird es Angst machen?«
»Wird es Spaß machen?«
»Wenn wir brav waren, werden wir glücklich sein?«
»Wer weiß?«
»Wir werden es bald wissen.«
Das Wispern wollte nicht aufhören, denn noch während die Flammen einander Fragen stellten, verwandelten sie sich in Rauch und flogen singend den Schornstein hinauf. Und immer wieder entstanden neue Flammen, begannen ihr Fragespiel und wurden ihrerseits zu Rauch. Und hinter all den kleinen Stimmen erklang seufzend ein sanfter, ferner Chor:

»Hinauf und fort – ich fliege fort . . .
Jetzt bin ich Rauch und kenn den Ort . . .«

Der Junge lauschte mit angehaltenem Atem, tief bewegt von dieser so traurigen und doch auch fröhlichen Melodie. Der Kater neben ihm bewegte sich.

»Sprich mit ihnen«, murmelte er. »Bitte sie um Wärme. Wenn möglich in Versen. Das kommt immer gut an, wo Zaubersprüche gefragt sind.«
Mummel sah ihn zweifelnd an, dachte ein wenig nach und sagte schüchtern:

»Rauch und Flamme, grau und rot,
helft mir, ich bitt, in meiner Not.«

Er warf einen Blick auf den Kater.
»Nur weiter«, drängte ihn das geheimnisvolle Geschöpf. »Bitte sie um Hitze, die du mitnehmen kannst. Das ist sehr wichtig.«
Der Junge zögerte ein wenig und wandte sich dann abermals an das Feuer:

»Ich wollt', ihr würdet meinen Wunsch erfüllen,
Gebt Wärme mir, mich unterwegs drin einzuhüllen!«

»Das war prima«, lobte ihn der Kater. »Einfach so aus dem Ärmel geschüttelt.«
Die Flammen knisterten und wisperten.
»Wie sieht es wohl draußen aus?«
»Wer weiß?«
»Hast du gehört, was ich hörte?«
»Ja, wenn *du* gehört hast, was ich hörte.«
»Jemand hat mit uns gesprochen.«
»Wie wird es wohl draußen aussehen?«
»Nach seinen Worten zu urteilen, hat er Angst, daß es kalt sein wird.«
»Und er sprach so zart. Gebt ihm, was er sich wünscht.«
Plötzlich schienen die Stimmen im Feuer miteinander zu verschmelzen und vereinten sich in einem sanften Gemurmel:

»Befreit aus des Kamins grau-goldner Haft,
fließt nun in deine Hände Zauberkraft.
Nimm das Geschenk, das du erstrebt –
des Feuers Freundschaft in dir lebt.
Schon immer war ein warmes Herz dir eigen;
nun hüllt dich Wärme ein in ew'gem Reigen.«

Und plötzlich fröstelte es Mummel nicht mehr. Vom Kopf bis zu den Füßen durchlief ihn eine sanfte Glut. Er hätte schnurren

mögen vor Behagen, und einen Augenblick lang glaubte er auch, es tatsächlich zu tun. Aber es war nur der Kater.
»Und jetzt komm mit!« rief Grimbold und sprang in den Kamin hinauf. Sekunden später war er wieder da. »Kommst du nicht mit?« fragte er verdrießlich.
»Da hinauf?« stammelte Mummel. »Aber ... das Feuer ...«
»Tritt nicht drauf!« fuhr ihn der Kater an. »Streng doch mal dein Hirn an. Der Kamin ist breiter, als du denkst, und genauso leicht zu erklettern wie ein Baum.«
Mit einem großen Satz verschwand er abermals im Kamin. Mummel schwante nichts Gutes, aber er folgte ihm.
Weil das Feuer nicht sehr hoch aufgeschichtet war, stellte es kein großes Hindernis dar. Mummel holte tief Atem, bevor er sich auf den Weg machte, und entkam so dem Rauch, ohne zu ersticken. Doch es war nicht so leicht, den gemauerten Kamin hinaufzuklettern, wie Grimbold gesagt hatte. Überall gab es Ruß, der in fetten, klebrigen Flocken herabschwebte. Aber schließlich tauchte Mummel keuchend und hustend im Mondlicht auf. Zu seinem Glück hatte schon vor langer Zeit ein Sturmwind den Kaminaufsatz und einen Teil des Schornsteinkastens weggerissen. Er kletterte auf das Dach hinauf und sog begierig die kalte Nachtluft ein.
Winklige, schräg abfallende Rohr- und Strohdächer gab es da, Giebel und verschnörkelte Rauchfänge, denn der Hof war ein unregelmäßig angelegter, weitläufiger alter Bau. Eine Fledermaus flatterte an seinem Kopf vorbei, und unten, rund um die Scheune, schrien ein paar Käuzchen. Einer schwarzen Statue gleich saß Grimbold auf einem nahen Dachfirst; er hatte die Ohren gespitzt, und sein Schnurrhaar zitterte vor Erregung. Sein Maul verzog sich zu einem stummen Lachen, als er Mummels rußverschmiertes Gesicht auftauchen sah, und dann nahm er elegant seinen Weg über die lange Schräge eines Strohdaches nach unten.
»Im Nu bist du wieder auf der Erde«, sagte er und sprang ins Dunkel.
Auch das war für den Jungen nicht ganz so einfach. Er versuchte langsam hinunterzuklettern, aber das Dach war zu steil. Er verlor den Halt, fiel auf den Rücken und rutschte hinunter, schneller und

schneller, bis er mit einem entsetzten Aufschrei über die Traufe hinausschoß und bis zum Hals in einer Regentonne landete.
Eilig brachte sich Grimbold vor dem Schwall in Sicherheit.
»So geht es natürlich auch«, bemerkte er.
Mummel kämpfte sich aus dem großen Faß heraus. Er stand in einer Wasserlache, aber ihm war immer noch prächtig warm. Das sagte er auch, und der Kater sah ihn verwundert an.
»Scheinbar bist du dir über die Wirkung des Feuerzaubers nicht im klaren«, sagte er. »Dir wird nie wieder kalt sein. Was ja seine Vorteile hat, wenn man bedenkt, wie du es anstellst, von einem Hausdach herunterzukommen.«
»Ich bin aus der Übung und ...«
Aber der Kater war schon außer Hörweite, und Mummel humpelte ihm eilig nach.
»Wohin gehen wir?« rief er.
»Zum nächsten Schlupfloch«, antwortete der Kater.
Über gewundene, mit Ziegeln ausgelegte Pfade ging es durch den von Mondlicht beschienenen Garten bis zur Steinmauer am anderen Ende; hier gab es Obstbäume, Johannisbeersträucher, Stachelbeeren, Rhabarber und Kräuter; und hier blieb der Kater stehen.
Er schlug mit dem Schwanz und verschwand. Mummel wartete geduldig, bis er wiederkam.
»Warum muß ich dich immer holen kommen?« fauchte Grimbold.
»Du sagst mir ja nie, wo du hingehst!«
»Diesmal in die Nachtwelt.« Der Kater kräuselte die Lippen, und seine Zähne glitzerten. »Alle Katzen kennen die Schlupflöcher«, erklärte er stolz. »Du mußt doch schon bemerkt haben, wie sie vor deinen Augen verschwinden können, wenn es ihnen beliebt. Aber um *dich* durchzubekommen, werden wir wohl einen Zauberspruch brauchen.«
Er rümpfte geringschätzig die Nase und sagte etwas, was bedauerlicherweise etwa so klang:

»O ihr, des Himmels und der Erde Schranken,
laßt diesen ungeschlachten Menschensohn hier durch; er wird's euch danken!«

Und die Erde erbebte unter Mummels Füßen. Eine Nebelwolke hüllte ihn ein und verzog sich wieder. Er sah, daß er auf der selben Stelle stand – aber es war nicht mehr dieselbe.
Die Steinmauer war durchsichtig wie aus Glas. Die Bäume hatten blaßgoldene Blätter, und die Stämme waren mit vielen bunten Farben gesprenkelt. Die Blüten leuchteten wie kleine Laternen. Der Rhabarber war schwarz wie Ebenholz und mit hellen Flecken übersät. Eine weiße Fledermaus schwang sich durch die seltsam duftende Luft. Und das Stroh auf dem Dach des Hauses war mit einemmal smaragdgrün.
Etwas berührte Mummels Hand, und er blickte hinab. Mit einem

Schreckensschrei sprang er zurück. Ein schwarzer Panther mit glühenden Augen sah ihn an.
»Ich bin's, du Dummkopf«, sagte Grimbold.
Mummel erholte sich ein wenig.
»Du ... du bist viel größer!«
»In der Nachtwelt erreichen Katzen ihre volle Größe«, erklärte Grimbold hoheitsvoll. »Das ist eine Welt, die du nicht kennst.«
»Sie ist wunderschön.«
»Aber sehr gefährlich. Wie alles andere, was schön ist«, fügte der Panther hinzu. »Wer die Nachtwelt erlebt hat, wird sich nie wieder mit der gewöhnlichen zufriedengeben können. Die Nachtwelt verändert ihn.«
»Habe ich mich verändert?«
Ein rätselhafter Ausdruck trat auf Grimbolds breites und schnurrhaarbewehrtes Gesicht.
»Ich würde dich nicht hierhergebracht haben, wenn Dulcie mir nicht von dir erzählt hätte«, antwortete der Panther vorsichtig. »Dichter und Sänger können die nächtlichen Königreiche ungehindert aufsuchen und wieder verlassen, denn sie sind ja keine gewöhnlichen Menschen.«
»Kommen viele Leute hierher?« fragte Mummel verwundert.
»Wir versuchen sie zurückzuhalten, aber manchmal schlüpfen sie durch. Gewöhnliche Leute, die dann nie wieder die gleichen sind. Sie werden zu Fremden ihrer eigenen Rasse, und man beschuldigt sie der Zauberei. Ein Wahnsinn! Personen, die kein bestimmtes Ziel hier haben, raten wir von einem Besuch ab«, erklärte Grimbold mit fester Stimme.
»Und wenn es Dichter sind?«
»Die können wir nicht aufhalten. Die finden allein den Weg. Und wenn sie einmal *diesen* Punkt erreicht haben, kann man sie ja kaum noch als menschliche Wesen ansprechen. Aber jetzt hör auf zu plappern und komm.«
Er sprang auf die Steinmauer zu und schoß durch sie hindurch, als ob sie nur ein leichter Nebel wäre. Mummel holte tief Atem, um sich Mut zu machen, und tat es ihm gleich. Die Mauer war tatsächlich nur Nebel. Auf der anderen Seite befand sich der Ententeich –

aber nicht der Ententeich, wie Mummel ihn kannte. Die Bäume an seinen Ufern hatten schlanke, silbrig schimmernde Stämme und Äste. Eine nächtliche Brise ließ die gläsernen Blätter klirren. Das Gras war weiß, so als ob der Frost noch im Boden saß, und das Wasser im Teich schimmerte wie milchiges Eis. Als Grimbold in leichten Sprüngen darüber hinsetzen wollte, kam er ins Schleudern, und an den Kratzern, die seine Krallen an der Oberfläche hinterließen, erkannte Mummel, daß es tatsächlich Eis war. Vorsichtig humpelte er dem Panther nach, bis er ihn in der Mitte des Teiches einholte, wo die große schwarze Katze die Nase an die kristallene Kälte drückte.

»Da ist er«, sagte Grimbold.
Für Mummel war es ein Schock, als er den Blick senkte und einen jungen Mann sah, der, in das Eis eingefroren, die Augen geschlossen, starr und steif ein paar Zoll unter ihm lag. Er war mit Stricken an Händen und Füßen gefesselt.
»Ist er tot?« flüsterte Mummel.
»Nein«, erwiderte Grimbold, »aber sicher ist ihm scheußlich kalt. Wohlgemerkt«, fügte er mißbilligend hinzu, »es ist alles nur seine eigene Schuld. Er streitet immer wieder mit seinem Vater, und der alte Herr verfügt über einige unschlagbare Argumente.«
»Er muß ein sehr grausamer Mann sein«, meinte Mummel, »daß er seinen Sohn so behandelt.«
»Keiner hat dem anderen viel vorzuwerfen«, äußerte der Panther. »Was die beiden angeht, wasche ich meine Tatzen in Unschuld.«
»Ich jedenfalls halte das nicht für ein väterliches Benehmen«, sagte Mummel, »was immer er für einen Grund gehabt haben mag.«
»Du bist eben kein Zauberer«, erwiderte Grimbold. »Er hat einfach die Beherrschung verloren. Er hat gesagt, Gareth muß selbst sehen, wie er da herauskommt. Und dann hat er einen Bann über das Eis gesprochen, den ich nicht brechen kann. Jetzt liegt Gareth schon eine ganze Woche da unten.«
»Und was erwartest du von mir? Soll ich ihn heraushacken?«
Grimbold antwortete mit einer Gegenfrage.
»Frierst du?«
»Nicht sehr«, erwiderte Mummel überrascht. »Eigentlich, mit dem vielen Eis da... Aber natürlich, es ist der Feuerzauber! Ich wünschte, ich könnte ihn mit deinem Gareth teilen!«
»Versuch es doch«, schlug Grimbold vor.
Man konnte Mummel seine Zweifel vom Gesicht ablesen, aber schließlich kniete er nieder und legte beide Handflächen auf das Eis. Er empfand ein angenehm warmes Prickeln in seinen Händen.
»Dachte ich mir's doch! Dachte ich mir's doch!« rief der Panther.
Der Sohn des Zauberers bewegte sich. Helles Haar umfloß sein

Gesicht. Luftblasen lösten sich von seinen Lippen, und rund um ihn bildeten sich Tausende feine Haarrisse im Eis. In der Mitte des Teichs breitete sich eine tiefe Lache aus, und bald fand Mummel sich bis zu den Ellbogen im warmen Wasser.
»Geh zur Seite!« zischte Grimbold. »Du schmilzt ja den ganzen Teich!«
Rund um Mummel knisterte und knackte es, und unten erschienen immer mehr Luftblasen. Der junge Mann kam nach oben geschwommen, und Grimbold streckte eine gewaltige Pranke aus, um ihn auf das abbröckelnde Eis zu ziehen. Dann schob er ihn mit Mummels Hilfe ans Ufer und schließlich auch auf das weiche weiße Gras. Da lagen sie nun alle in einem feuchten Haufen, und während das letzte Eis schmolz, wurde der Ententeich wieder blau.
Der Sohn des Zauberers setzte sich auf und warf sein nasses Haar zurück.
»Du hast lange gebraucht«, sagte er vorwurfsvoll zu Grimbold.
»Geschieht dir recht«, erwiderte der Panther.
»Wer ist der Junge?«
»Das ist Mummel. Er hat dich rausgeholt.«
»Und weil wir gerade davon reden«, sagte Gareth, »es wäre nett, wenn mich jemand losbinden würde.«
Mummel hatte immer ein kleines Messer im Gürtel stecken, und jetzt gebrauchte er es, um die Stricke durchzuschneiden. Der Sohn des Zauberers rieb sich die Handgelenke und schauerte.

»Ziemlich kühl für diese Jahreszeit«, bemerkte er.
Dann gab er Mummel die Hand. Es war eine schlanke, nasse Hand, und ohne den Feuerzauber wäre sie Mummel wohl recht kalt vorgekommen. Gareths Augen schimmerten golden im Mondlicht; er war ein äußerst gutaussehender junger Mann. Aber seine Schönheit schien nicht von Bestand zu sein, und sein Lächeln war nur eine mechanische Geste.
»Ich bin euch sehr dankbar«, sagte er und lachte. »Der Alte wird wütend sein!«
»Über mich?« fragte Mummel leicht beunruhigt.
»Über alle«, antwortete Gareth und grinste.
»Oh, sicher wird er dir verzeihen; du mußt dich bloß entschuldigen ...«
Grimbold ließ ein leises Kichern hören, und der junge Mann riß seine seltsam schrägen Augen auf.
»Verzeihen?« fragte er und wandte sich an den Panther. »Du weißt doch von dem Zauber, an dem er gerade arbeitet – Kaulquappen in Biskuitkuchen zu verwandeln?«
Grimbold nickte.
»Und ich«, fuhr Gareth fort, »ich habe überlegt, wie man Froschschenkelmarmelade daraus machen könnte. Es ist nicht ganz einfach, aber ich habe eine höchst vergnügliche Woche mit diesem Problem zugebracht.«
Er stand auf, ließ die Hände über seine nasse Jacke gleiten und schenkte Mummel abermals ein unbekümmertes Lächeln.
»Ich heiße dich in dieser Welt willkommen«, sagte er. »Komm bald wieder.«
Er machte kehrt und verschwand unter den Bäumen. Bewundernd schüttelte Mummel den Kopf.
»Man muß ihn einfach gern haben«, meinte er. »Aber fordert er mit dieser Kaulquappengeschichte nicht neuen Streit heraus?«
»Na ja, er ist eben ein Verrückter«, sagte Grimbold.
Ein goldener Schein erhellte den Horizont. Die Luft wurde kühler, und die gläsernen Blätter klirrten wie kleine Glöckchen. Der Panther gähnte.
»Du solltest dich jetzt auf den Rückweg machen«, sagte er. »In

deiner Welt vergeht die Zeit wie im Flug, und schon bricht die Dämmerung an.«

Er kratzte sich am Kinn, so daß einige wenige leuchtende Haare zu Boden schwebten. Nachdenklich betrachtete er den Jungen.

»Wenn sich dir die Gelegenheit bieten sollte, in diese Welt zurückzukehren«, sagte er in ernstem Ton, »überlege gut, bevor du sie wahrnimmst. Noch ist nichts passiert. Aber das Wissen um Magie und Zauberei könnte dein Leben ändern, wenn du es geschehen läßt. Noch bist du ein Junge – und es könnte sein, daß du aus deinen Liedern und Versen herauswächst. Sei vorsichtig, Mummel, sei bloß vorsichtig – und sei deiner Sache sicher, bevor du dich für die Dichtkunst entscheidest.«

»Nun ja«, erwiderte der Junge, »ich liebe die Welt des Tageslichts, aber die Zauberkräfte locken mich. Selbst wenn ich diesen Ort nicht wiedersehen sollte, ich würde immer davon träumen.«

Die Augen des Panthers verengten sich zu funkelnden Schlitzen.

»Ich habe dich gewarnt.«

Wieder gähnte er, und seine Zunge krümmte sich wie ein rotes Blumenblatt in seinem Mund.

»Auf das Dach kommst du jetzt nicht mehr rauf«, stellte er fest, »aber es ist noch ein anderes Schlupfloch hier ganz in der Nähe.«

Er schlug mit dem Schwanz und sagte:

»O ihr, der Erde und des Himmels Schranken,
laßt diesen Jungen sicher durch; er wird's euch danken.«

Mummel riß die Augen auf. Der Nebel lichtete sich. Er stand wieder auf festem Boden. Vor ihm lag der Ententeich, den er kannte – mit grünen Wasserpflanzen bedeckt, kleine Wellen schlagend und von Apfelbäumen gesäumt, die sich vorbeugten, um sich an ihren morgendlichen Spiegelbildern zu erfreuen. Eine große weiße Ente kam aus dem Stall gewatschelt, platschte ins Wasser, ließ ein heiseres freudiges Quaken ertönen und stellte sich auf den Kopf.

Etwas regte sich neben Mummels Knöchel. Der Junge bückte sich, um Grimbold zu streicheln, der wieder zu seiner Tagesgröße geschrumpft war. Der Kater wollte sich entfernen, änderte dann aber seinen Entschluß und rieb seinen Kopf an der freundlichen Hand.

»Wir werden uns sicher wieder begegnen«, versprach er, »aber

jetzt muß ich gehen. Wenn die Frühstückszeit erst da ist, wird Gareth seinen alten Herrn zur Weißglut gebracht haben. Leb wohl und danke. Und vergiß nicht, was ich dir gesagt habe.«
Er schlug mit dem Schwanz und verschwand.
Mummel humpelte zum Gatter hinter dem Hof. Die Ziegen kamen eilends herbei und drängten sich liebevoll meckernd um den Jungen.
»Guten Morgen, ihr wolligen Taugenichtse!« rief Mummel.
Einen Korb mit Hühnerfutter im Arm, kam Meg aus dem Haus. Sie sah den Jungen und ließ den Korb fallen – ein Schwarm von Hühnern stob aus Stall und Scheune und stürzte sich auf die verstreuten Körner.
»Mummel!« rief Meg. »Was tust du hier? Wieso bist du nicht im Bett?«
»Mir geht es gut, Mutter Meg. Ich bin in den Kamin hinaufgeklettert und kam in eine Welt...«
»Daß du am Kamin warst, merkt man«, schalt sie. »Wie du aussiehst... voller Ruß! Aber deine Erkältung...«
»Die ist weg. Und ich werde nie wieder eine haben«, erklärte Mummel hoffnungsvoll. »Das Feuer hat mir einen Zauber verliehen, der mich warmhält.«
Meg nahm seine Hand fest in die ihre. »Dir ist tatsächlich warm«, mußte sie zugeben. »Und Fieber hast du auch keines. Du bist wirklich rasch wieder gesund geworden. Es muß der Tee gewesen sein, den ich dir gestern gab. Aber jetzt Schluß mit deinen Zaubergeschichten und deinen Träumen. Komm frühstücken!«

Hymne für eine Katze

Ich gehorche keinerlei
Zwang. Ich bin frei!
Versuche mich zu zwingen –
es wird dir nicht gelingen.
Und wer nicht auf der Hut ist,
wird sehen, wozu die Kralle gut ist.

Oder ich löse mich auf,
vor deinen Augen ganz unverhohlen.
Eh' du noch nach mir greifst,
hab ich mich fortgestohlen.
Du denkst, ich bin auf dem Pfade
ins Dorf? Reine Scharade!
Du glaubst, ich geh bloß auf Reisen?
Du kannst's nicht beweisen.
Man kann mich weder halten noch binden,
noch finden.

Ich werde schreien und jagen und raufen
mit einem ganzen Haufen.
Den Tag über lieg ich und dös,
als wär' ich komatös.
Nach mir zu rufen wird dir nicht frommen,
denn ich werde nicht kommen.
Willst du mich herumkommandieren,
wirst du verlieren.
Versuch mich zu verstehen,
und du wirst sehen:
Wahre Freundschaft werd ich dir geben
mein ganzes Leben.
Dich mit Mitgefühl bedenken
und dir Liebe schenken.
Aber ziehst du Unterwürfigkeit vor,
stell dir einen Köter vors Tor!

Zweites Kapitel

Die Drude

Mummel lag hoch oben auf dem Berg. Er lag auf dem Bauch, hatte das Kinn in die Hände gestützt und einen Grashalm zwischen den Zähnen. In der Nähe kletterten die Ziegen herum und rupften die Pflanzen, die zwischen den Felsen wuchsen. Alle waren schläfrig und zufrieden im Frühlingssonnenschein. Mummel schwang seine bloßen Füße und begann sich ein Liedchen über dieses anmutige Bild auszudenken.

»Die braven Ziegen steigen munter
den Berg hinauf, den Berg hinunter.
Die Augen hell und klar wie Glas
verspeisen sie das grüne . . .«

». . . Gras«, sagte jemand.

Mummel drehte sich auf den Rücken und setzte sich auf. Er hatte geglaubt, mit seiner Herde allein zu sein.

Auf einem sehr spitzen Felsen, hoch über ihm, saß eine kleine, in Lumpen gehüllte alte Frau. Sie hielt die Hände gefaltet, und ihr langes graues Haar flatterte im Wind um ihren Kopf.

»Wie kommst du denn hierher?« fragte er schließlich.

»Ich wohne hier.«

»Ich habe dich noch nie gesehen.«

»Ich wollte nicht von dir gesehen werden.«

Sie lächelte sanft, und ihre kleinen blauen Augen funkelten belustigt.

»Ich verfüge über magische Kräfte, und daher ist es nicht leicht, mich zu sehen – außer es beliebt mir anders«, fügte sie hinzu. Der Junge machte große Augen und dachte scharf nach.

»Magische Kräfte?« wiederholte er.

»Jetzt tu bloß nicht so, als ob das deine erste Begegnung mit dem Übersinnlichen wäre«, mahnte die alte Frau. »Ein junger Verwandter von mir hat mir alles über dich erzählt. Er ist allerdings nicht sehr verläßlich, das muß ich zugeben.«

»Gareth«, sagte Mummel.
»Genau. Er meinte, du wärst imstande, durch die Schlupflöcher zu kommen, ohne dabei den Kopf zu verlieren. Hat er die Wahrheit gesagt? Als ich dich singen hörte, beschloß ich, mich selbst davon zu überzeugen.«
»Ich fühle mich sehr geehrt...«
»Dafür gibt es keinen Grund. Ich schnappe ganz gern einmal frische Luft. Außerdem ist heute Dienstag.«
Bevor Mummel noch an eine Antwort denken konnte, hob sie bittend die Hände. »Ich brauche deine Hilfe«, sagte sie, »und ich glaube, diesmal hat Gareth die Wahrheit gesagt. Du darfst mich Frau Nesselnetz nennen.«
Sie erhob sich und blieb schwankend auf der Felsspitze stehen. Sie sah aus wie ein Irrwisch aus grauem Rauch. Um ihre Sicherheit besorgt, sprang Mummel vor.
»Ich falle schon nicht, Junge«, beruhigte sie ihn. »Ich bin ja kein menschliches Wesen.«
»Dann bist du also eine... eine Hexe?«
Seine Stimme zitterte ein wenig, und die alte Frau ließ ein lautes Kichern hören.
»Ich ziehe die Bezeichnung Drude vor«, antwortete sie und strich sich mit einer anmutigen Bewegung über die Haare. »Es klingt nicht gar so häßlich. Und mach doch bitte kein so erschrockenes Gesicht. Ich tue dir nichts, solange du mich nicht ärgerst...«
Sie unterbrach sich und sah ihn fragend an. »Bist du etwa noch nie einer Hexe oder Drude begegnet?«
»Nein, noch nie.«
»Du lieber Himmel, hast du ein langweiliges Leben geführt!«
Sie lehnte sich auf beängstigende Weise zur Seite und schwebte dann ganz langsam und mit sauber ausgerichteten Zehen zu Mummel herab.
»Das habe ich schon in meinem ersten Jahr in Hexenhausen gelernt«, sagte sie und streckte Mummel ihre kleine Hand entgegen. »Komm mit mir durch das Schlupfloch!«
In Mummels Bewußtsein wurde eine Erinnerung wach. Der Kater Grimbold hatte ihn gewarnt: »Überlege gut... sei vorsichtig.«

Die kleine Frau richtete ihre hellen Augen auf Mummel. Sie stampfte mit dem Fuß auf.
»Zögerst du etwa?« rief sie ergrimmt. »Nicht vielen Menschen wird eine solche Chance geboten. Heute sind es auf den Tag genau zweihundert Jahre her, daß ich das letzte Mal mit einem gesprochen habe.«
Mummel gab sofort jeden Widerstand auf. Er nahm ihre Hand in die seine, und die Erde erbebte unter ihm. Einen Augenblick lang sah er noch seine Tiere wie durch einen Nebelschleier. Die braven Ziegen steigen munter ... den Berg hinauf, den Berg hinunter – und weg waren sie! Keine einzige Ziege war mehr zu sehen, kein Himmel, keine Wolke, kein Berg.
Er stand neben der Drude in einer Höhle. Es war eine riesige Höhle, aus dem Fels gehauen, und die Wände waren glatt wie Glas. Eine silberne Lampe hing von der Decke und warf ihr sanftes Licht nach allen Seiten. In der Mitte, auf einem Teppich, stand ein runder Tisch und daneben ein hölzerner Stuhl, auf dem sich Frau Nesselnetz sofort niederließ.
»Willkommen«, sagte sie. »Tu so, als ob du zu Hause wärst, Kind.«
Sie klatschte in die Hände, und ein zweiter Stuhl fiel polternd von der Decke. Er verpaßte Mummel nur um wenige Zentimeter und zersplitterte auf dem Boden. Die Drude stieß einen Wutschrei aus.
»Wie ungeschickt!« kreischte sie. »Sofort noch einmal! Aber langsam, wenn ich bitten darf!«
Zögernd schwebte ein dritter Stuhl herab, bis er etwa einen halben Meter vom Boden entfernt war; dann fing er an, nervös hin- und herzuschwingen.
»Runter mit dir!« schrie Frau Nesselnetz.
Der Stuhl wich nach der Seite aus, machte einen kleinen Satz und kam schließlich auf dem Teppich zu stehen. »Setz dich, Mummel!« wies ihn die alte Dame an. »Rasch! Sonst rückt er wieder aus!«
Mummel gehorchte wie in Trance. Die Drude, mit einemmal ernst und traurig, legte die Hände auf den Tisch und beugte sich vor.

»Zur Sache«, sagte sie. »Ich habe meinen Kanarienvogel verloren.«
»Oh, das tut mir leid. Wo könnte er wohl stecken?«
»Überall und nirgendwo. Ein Berg hat ja so viele Eingeweide. Zumindest dieser hier. Außerdem ist der Vogel unsichtbar.«
»Das kompliziert die Sache«, bemerkte Mummel.
Mit ihren dünnen Fingern trommelte Frau Nesselnetz ungeduldig auf den Tisch.
»Wenn sie einfach wäre, würde ich ja allein damit zu Rande kommen«, stieß sie hervor. »Ich bin ja nicht dumm. Aber schon ein bißchen zu alt, um mich als Höhlenforscherin zu betätigen. Und darauf läuft es hinaus. Ich brauche deine Hilfe, Junge. Und wenn du ihn mir zurückbringst, werde ich dich reich belohnen.«
»Das ist nicht nötig«, entgegnete Mummel. »Ich helfe gern. Wie soll ich es anfangen?«
»Keine Ahnung«, versetzte Frau Nesselnetz. »Ich hörte seine Flügel schlagen, als er in das Innere des Berges flog. Ich hatte die Tür nur einen Augenblick lang offengelassen, weil mir der Pudding verbrannt und alles voll Rauch war. Ich hoffte, er würde zurückkommen, aber das hat er nicht getan. Du mußt ihn suchen. Aber sei vorsichtig, Kind, und hüte dich vor den Trollen!«
»Gibt es denn auch Trolle im Inneren der Berge?«
»Alles ist möglich. Dieser Berg da ist voller Ecken und Winkel und häßlicher, kalter, feuchter Gruben und Schächte.«
Sie biß sich auf die Lippen, und ihre Augen füllten sich mit Tränen.
»Irgendwo in dieser Finsternis flattert mein Vogel ganz allein . . .«
Sie schluchzte. Mummel tätschelte ihre schmale Hand und lächelte Frau Nesselnetz an. Wenn er lächelte, konnte keiner – selbst ein Unhold nicht – der Versuchung widerstehen, sein Lächeln zu erwidern. Auch Frau Nesselnetz war keine Ausnahme. Dann deutete sie auf die Tür am anderen Ende der Höhle, und Mummel humpelte darauf zu. Als er schon nahe daran war, den Lichtkreis der Lampe zu verlassen, drehte er sich noch einmal um und rief ihr zu:

»Wie heißt denn dein Kanarienvogel eigentlich?«
»Annabelle Claudine Eglantine Mabel!« kreischte sie schrill wie eine Fledermaus. »Aber das war alles ein Irrtum! Es ist ein Männchen, und er hört auf den Namen Hockaday.«
Mummel dankte ihr und machte sich auf den Weg.
Hinter der Tür fand er einen holprigen, gewundenen Gang. Es war dunkel wie in einem Maulwurfshügel. Vorsichtig tastete Mummel sich weiter. Er stieß auf viele Öffnungen, wo Wege nach beiden Seiten abzweigten, aber an allen Wänden floß Wasser herunter, und sie waren glitschig von Moos. Mummel fühlte sich nicht wohl in seiner Haut, aber noch weniger behagte es ihm, als ihm klarwurde, daß er ebenso hoffnungslos verloren war wie Hockaday – in einem Berg der Nachtwelt jenseits der Trennungslinie.
Er dachte daran umzukehren, aber der Gang hatte sich so oft geteilt, daß der, in dem er sich jetzt befand, kaum mehr der gleiche war, in dem er seinen Irrweg begonnen hatte. Er blieb mehrmals stehen und horchte, aber er hörte nur seinen eigenen Atem und das Tropfen des Wassers.

»Hockaday!« rief er in die Finsternis. »Wo bist du, Hockaday?«
Er pfiff, um den Vogel herbeizulocken, hörte aber nichts außer dem Echo und dem Geräusch des tropfenden Wassers. Er ging weiter, denn das war auch nicht schwerer, als den Weg zurück zu finden. Und er dachte an die Tränen der alten Frau.
Es schien ihm, als wäre er schon viele Stunden unterwegs, als seine tastende Hand eine Öffnung in der Wand fand und er am Ende eines steil abfallenden Pfades einen Lichtschimmer erblickte. So groß war die Erleichterung für seine Augen, die in der Finsternis schon zu schmerzen begannen, daß er abbog und auf das Licht zustrebte. Aber er ging sehr vorsichtig und so geräuschlos wie eine Schnecke.
Er gelangte in einen roh in den Fels gehauenen Bogengang und blieb stehen; er starrte in eine niedrige Höhle und sah seltsame und beunruhigende Dinge.
Die Höhle war nicht größer als ein gewöhnliches Zimmer, und alles darin war aus Stein: der viereckige Tisch in der Mitte, die Stühle rund um den Tisch. In einem steinernen Kerzenhalter steckte eine steinerne Kerze, und ihre Flamme war grau und fest. Auf einem der Stühle saß ein Mann aus Stein. Er war grau von oben bis unten – Kopfhaar, Bart, das abstoßende Gesicht und seine Kleidung. Er war dick mit breiten Schultern, und klein. Mummel überlief es eiskalt, und er fragte sich, wer eine so mißgestaltete Figur gemeißelt haben könnte. Dann flackerte die Kerzenflamme, und der Steinmann blinzelte.
Mummel machte kehrt, um wegzulaufen, aber eine schwere Hand fiel auf seine Schulter, und eine rauhe Stimme knurrte:
»Elende Laus!«
Der Junge war wie gelähmt vor Schreck. Ein rascher Blick hatte ihn ein zweites graues, bärtiges Gesicht nahe dem seinen erkennen lassen. Sein Besitzer schob ihn grob vor sich her in die Höhle, und der erste Mann stand auf und musterte Mummel mißtrauisch.
»Was bringst du denn da, Säufer?« grunzte er.
Mummel wurde so heftig gegen den Tisch gestoßen, daß die Kerze schwankte.

»Eine elende Laus, wie ich schon sagte. Eine Laus, die anständigen Leuten nachspioniert.«
»Oh, das tue ich nicht«, protestierte Mummel.
»Willst du gefälligst den Mund halten!« fuhr Säufer ihn an und rollte seine tiefliegenden roten Augen. »Noch nie habe ich ein so häßliches Ding gesehen«, fügte er hinzu. »Was das wohl sein mag, Unrat?«
Stirnrunzelnd betrachteten die beiden den Jungen. Unter ihren buschigen Brauen glitzerten kleine Augen; ihre Gesichter waren von Runzeln durchzogen, und ihre Händen waren enorm groß. Während sie nachdenklich dastanden, schwankten sie hin und her. Dann beugte Unrat sich vor und stieß Mummel an.
»Jedenfalls ist es ein lebendiges Wesen«, stellte er fest. »Aber was für ein mageres Monstrum!«
»Und führt bestimmt nichts Gutes im Sinn«, bemerkte Säufer. »Treibt sich vor unserer Tür rum!«
»Bitte«, fiel ihm Mummel verzweifelt ins Wort, »ich habe mich verirrt.«
»Hör nur, wie es uns anlügt!« empörte sich Säufer. »Ein klapperdürres Geschöpf aus der anderen Welt und weiß nichts zu seiner Verteidigung vorzubringen!« Er schüttelte Mummel, daß dem Jungen Hören und Sehen verging.
»Ich kann alles erklären!« rief Mummel. »Wenn ihr mir nur zuhören wolltet! Ich bin ein Mensch ...«
»Was ist das, ein Mensch?« wollte Unrat wissen.
Der andere ließ Mummel los, und der Junge fiel gegen den Tisch zurück. Die Kerze flackerte, und Unrat streckte seine mächtige Pranke aus, um sie fester in den Halter zu stecken.
»Ein Mensch?« wiederholte er. »Noch nie von so was gehört. Aber selbst wenn es so etwas gäbe, hat es kein Recht, sich rund um mein Haus herumzutreiben.«
»Ich wußte nicht, daß es euer Haus ist. Es tut mir leid, wenn ich euch Angst gemacht habe.«
Die zwei grauen Männer brachen in dröhnendes Gelächter aus.
»Angst? Uns?« fragten sie. »Weißt du überhaupt, was wir sind?«

»Trolle?«
»Ach, das Wesen hat den Verstand verloren!« sagte Säufer.
Streng sahen sie Mummel an.
»Erkennst du einen Zwerg nicht, wenn er vor dir steht?« fragte Unrat.
»Ich ... ich dachte, es gäbe sie nur im Märchen ...«
Wieder lachten die grauen Männer. Das mißtönende Geräusch hallte in der Höhle wider, bis Mummel der Kopf dröhnte. Als erster beruhigte sich Unrat wieder.
»Kein Rauch ohne Feuer«, sagte er und kicherte. »Das ist wirklich ein komisches Ding. Wollen wir es hierbehalten?«
Nachdem er kurz nachgedacht hatte, nickte Säufer zustimmend mit dem großen Kopf.
»Es kann für uns kochen und putzen und sich nützlich machen. Und außerdem«, fügte er hinzu, »gibt es uns was zum Lachen. Wir werden es behalten, Bruder.«
Sie musterten den Jungen.
»Versprich, unser Sklave zu sein«, forderte Unrat ihn auf. »Oder sollen wir dich jetzt fressen?«
Mummel hatte keine große Wahl.
»Ich will überhaupt nicht gefressen werden«, erwiderte er.
»Das wäre somit entschieden«, sagte Unrat und rieb sich die Hände, wodurch ein Geräusch wie von Sandpapier entstand. »Ist auch besser so. Du siehst nicht gerade sehr lecker aus.«
»Mach uns Tee.«
Das war Säufer, der auf eine Anrichte in der Ecke deutete. Es schien Mummel nicht sehr sinnvoll, jetzt zu diskutieren, und so ging er zur Anrichte und öffnete einen steinernen Flügel.
Auf den Regalen standen Reihen von grauen Kruken, die meisten sorgfältig mit Aufschriften versehen wie »Marmelade – Milch – Honig – Ingwer – Tee – Brot – Schinken – Pfeffer – Pilze« und noch viele andere, die Mummel nicht kannte. Er fragte sich, wie die Zwerge wohl ihren Tee zubereiteten, denn er sah weder einen Kessel noch eine Teekanne.
Die Brüder saßen da, hatten die Füße auf den Tisch gelegt und beobachteten Mummel.

»Mach schnell!« brüllte Unrat. »Wir haben Durst!«
Erschrocken nahm Mummel den Topf mit der Aufschrift »Tee« herunter. Als er den Deckel entfernte, quoll heißer Dampf heraus. Der Topf war bis zum Rand voll mit einer kochenden, zähen Flüssigkeit; es war ein öliges graues Gebräu und roch abscheulich, aber Mummel nahm zwei Becher aus dem Regal und goß ein. Noch während er den Deckel aufsetzte, füllte sich der Krug von neuem. Mummel stellte die Becher vor die Zwerge hin. Ohne ihre

Füße zu bewegen, hoben die beiden ihre Becher und tranken einen tüchtigen Schluck von dem Tee, der um ihre Lippen kochte und schäumte.
»Genau richtig«, sagte Unrat entzückt. »Besser als das Zeug, das die Spinne uns vorzusetzen pflegte.«
»Was immer es auch ist, es wird uns ein guter Sklave sein«, strahlte Säufer. »Was wollen wir ihm als nächstes befehlen?«
Sie überlegten. Sie waren keine Schnelldenker.
»Es könnte sein Glück mit dem Kamin versuchen«, schlug Unrat vor.
Säufer wandte sich an den Jungen.
»Also schön«, brüllte er. »Mach dich dran!«
»Woran soll ich mich machen?«
»Oh, ich vergaß – das Wesen hat sie ja nicht alle!«
Er drehte Mummel herum, wies auf den Kamin und sagte laut und langsam:
»In diesem Kamin ... ist eine Pfeife ... die uns ärgert. Bring sie zum Schweigen.«
»Wie denn?«
Unrat zwinkerte seinem Bruder vielsagend zu.
»Blas!« sagte er.
Mummel sah sie verzweifelt an, während die Zwerge sich vor Lachen den Bauch hielten. Dann tranken sie wieder Tee, um sich zu beruhigen, und ihre kleinen roten Äuglein funkelten über den Rändern ihrer Becher. Mummel ging zum Kamin.
Auf dem Rost glomm Asche. Daneben stand ein großer schwarzer Kessel mit, wie es Mummel schien, giftigen Knollenblätterpilzen. Der Junge kniete nieder und starrte in die rußige Öffnung hinauf. Irgendwo da oben pfiff ein leiser Wind. Vermutlich mußte der Kamin nur einmal ordentlich gefegt werden, dachte Mummel, aber er wagte nicht, etwas zu sagen, denn er fürchtete, die Zwerge könnten ihn als Besen gebrauchen. Er tat also, was Unrat ihm höhnisch geraten hatte – er holte tief Atem und blies, so stark er konnte. Und das Pfeifen hörte auf.
»Geschafft!« brüllte Säufer.
Mit Gepolter kamen die Zwerge auf die Beine und marschierten

quer durch den Raum. Sie hoben den Jungen vom Boden auf und klopften ihm auf den Rücken, bis sich ihm der Kopf drehte.
»Das Ding ist gar nicht so blöd, wie es aussieht«, sagte Säufer. »Ich habe geblasen, bis mir die Puste ausging, und trotzdem konnte ich den Lärm nicht abstellen.«
»Wir wollen es belohnen«, schlug Unrat vor.
»Was würde es denn gern haben?«
Tiefe Furchen gruben sich in ihre Stirnen, während sie angestrengt überlegten.
»Tee?« tippte Säufer.
»Einen Klumpen Gold?«
»Ein Marmeladebrot?«
»Knollenblätterpilzbonbons?«
»Sag schon was, du! Was hättest du gern?«
»Könntet ihr ... könntet ihr mich vielleicht einfach nur gehen lassen?«
Das breite Grinsen auf ihren Gesichtern erstarb.
»Gehen? Wohin?« fragte Unrat. »Zurück in die Finsternis, aus der du gekommen bist? Das kann doch nicht dein Ernst sein!«
»Es hat ja nur das Hirn eines Käfers«, erinnerte ihn sein Bruder.
Es entstand eine lange Pause, in der die Zwerge nachdachten. Dann nickte Säufer.
»Es steht uns hier doch nur im Weg herum«, meinte er. »Laß es gehen.«
»Zaubre es fort«, sagte Unrat.
Und sein Bruder begann zu singen. Seine Stimme rollte tonlos durch die Höhle und brachte die Kerze zum Flackern.

»Fels und Eisen, Stein und Flamm'!
bring's zurück, woher es kam.«

Das Echo wurde zum donnernden Geheul. Der Schein der Kerze zerstob in tausend Funken. Die Höhle drehte sich wirbelnd, bis nur noch ein grauer Fleck von ihr übrig war. Mummel schloß die Augen.
Als er sie wieder aufschlug, war alles still. Er blickte in das erstaunte Gesicht von Frau Nesselnetz. Sie quietschte und legte eine Hand auf ihr Herz.

»Hast du mich aber erschreckt«, sagte sie. »Wie kann man denn so hereinplatzen, ohne sich angemeldet zu haben?«
»Es tut mir schrecklich leid«, stieß der Junge verwirrt hervor. »Es kam auch für mich ganz unerwartet. Und deinen Vogel konnte ich auch nicht ...«
»O mein allerliebstes Lämmchen«, rief die alte Frau. Aber ihre Worte waren nicht an Mummel gerichtet. Sie hielt ihre Hand nahe an seine Schulter, und der Junge hörte ein leises Pfeifen an seinem Ohr. Ein langes Trillern des Entzückens.
»Hockaday!« flötete Frau Nesselnetz. Sie hob die Hand an ihre Lippen und ließ ein leises Zwitschern hören. Ein unsichtbares Echo antwortete ihr.
»Wo warst du denn, mein Vögelchen?« säuselte die Drude. »Oh, Mummel, wo hast du ihn gefunden?«
Und jetzt wußte der Junge die Antwort.
»Oben in einem Kamin«, antwortete er. »Ich hörte ein Pfeifen. Ich versuchte das Geräusch auszublasen, und er flog auf meine Schulter. Ich wußte nicht, daß er da oben saß.«
»Das sind die Schwierigkeiten, die man mit unsichtbaren Dingen hat«, nickte die Drude.
Sie streichelte die Luft über ihrem Finger, und das Lied des Vogels füllte die Höhle. Die alte Frau sah Mummel liebevoll an. Sie zog einen kleinen Silberring vom Finger und streckte ihn dem Jungen über den Tisch entgegen.
»Nimm das als Zeichen meines innigsten Dankes«, sagte sie. »Eine kleine Belohnung. Wenn du mal Langeweile hast, reibe den Stein. Es wird nichts geschehen, aber die Zeit wird dir wie im Flug vergehen.«
»Vielen Dank«, lächelte Mummel. »Nicht als Belohnung – aber als Andenken.«
Dann streckte er die Hand aus, um den Ring in Empfang zu nehmen. Aber das Gesicht der Drude veränderte sich.
»Sei vorsichtig!« warnte sie ihn. »Hüte dich vor magischen Geschenken! Du könntest über deine Träume hinauswachsen und ein glückliches Leben als Bauer führen – so wie die Leute im Dorf, die du kennst. Wenn du dich für Magie entscheidest, müßtest du dafür

bezahlen. Du würdest für immer anders als die anderen sein. Es ist ein hoher Preis. Wofür wirst du dich entscheiden? Für ein ruhiges und normales Leben – oder für die Magie? Wofür immer du dich entscheidest, es könnte die falsche Entscheidung sein!«
Es wurde still in der Höhle. Mummel sah der Drude unerschrokken in die Augen.
»Ich entscheide mich für die Magie«, antwortete er. »Über meine Träume hinauszuwachsen würde mir schwerfallen.«
Sie legte ihm den silbernen Ring in die Hand.
»Ich hoffe, du wirst deine Entscheidung nie bedauern«, sagte sie.
Sie ging ans andere Ende der Höhle und klopfte an die Felswand.
»Ich glaube, wir sind hier hereingekommen«, sagte sie.
Ein Teil der Wand wurde durchsichtig, und ein langer Gang öffnete sich vor ihnen; seine Seiten funkelten wie Glas. Am anderen Ende zogen weiße Wolken über einen sonnigen Himmel; Grashalme schwankten im Wind; und eine neugierige kleine Ziege lugte herein.
»Ab mit dir«, sagte die Drude und tätschelte Mummels Arm. »Am Ende des Ganges findest du das Schlupfloch. Es war nett, dich kennengelernt zu haben. Und damit ich's nicht vergesse: Mit diesem Ring am Finger wirst du mit allen lebenden Wesen reden können – in ihrer eigenen Sprache und bei Tageslicht. Leb wohl.«
Sie gab ihm einen Schubs, und während er noch Hockaday hinter sich trillern hörte, durchquerte Mummel den Berghang.
Als er in die Welt des Tageslichts hinaustrat, bebte die Erde unter seinen Füßen, und der Gang schloß sich wieder. Undurchdringlich stand der Berg in Wind und Wolken. Mummel holte tief Atem und schob den Silberring auf seinen kleinen Finger.
»Wo bist du so lange gewesen?« fragte ihn eine seiner Ziegen.

Der Preis

Hoch ist, sehr hoch, der Preis der Zauberei
selbst für die allerkleinste Spur;
drum denk gut nach, bevor du kaufst,
sonst bleibt am End' dir Reue nur.
Stets wirst du anders sein als andre Leute,
fremd, einsam und verlassen.
Von diesem Handel gibt es kein Zurück,
kriegt die Magie dich erst zu fassen.

Magie wird dein für Gold, für gute Worte.
Man tauscht auch für ein Lied sie ein;
gib acht, gib acht, daß nicht am Ende
dir übrig bleibt nur bittrer Wein.
Zwar wirst du mächtig sein im Land der Nacht,
doch nie daheim dort, wo die Sonne lacht.
Für günstig magst den Preis du halten,
doch da könnt' leicht ein Irrtum walten.

Was dich bewegt, mag gut sein und gerecht;
magst deine Sinne auch beisammen haben;
und dennoch – deine Wahl vermag
dein Leben zu bestimmen bis zum Todestag.
Als gnadenloses Band mag sich erweisen
der Zauber der Magie, dem du verfällst;
der Weg in deine alte Welt bleibt dir verwehrt,
weil du den Preis, den einst man hat von dir begehrt,
nie mehr zurückerhältst.

Drittes Kapitel

Die Fabeltiere I

Es war ein friedlicher Morgen im Frühsommer, als hinter einem Felsen eine weinerliche Stimme erklang und alle Ziegen, aber auch Mummel, erschrocken zur Seite sprangen.

»... will heim!« Aus dem leisen Weinen wurde ein lautes Schluchzen.

Mummel ging vorsichtig um den Felsen herum, um das Geschöpf, das da so herzbewegend jammerte, nicht zu ängstigen. Aber er war es, der eine Überraschung erlebte. Das Geschöpf zwinkerte bloß.

Es war etwa zweieinhalb Meter lang und sah aus wie eine große Eidechse; sein Körper war mit höckerigen Schuppen bedeckt. Es hatte vier kurze dicke Beine, die mit scharfen Krallen bewehrt waren, einen Schuppenkamm, der vom Kopf bis zur Schwanzspitze reichte, und fledermausartige Flügel. Es kam Mummel irgendwie bekannt vor, so als ob er etwas Ähnliches schon einmal gesehen hätte – in natura oder auf einem Bild.

»Ich bin ein Drache«, sagte das Geschöpf unter Tränen.

Und das war es wirklich.

Es hob seine rotumrandeten wulstigen Eulenaugen und blickte den Jungen vorwurfsvoll an.

»Ich bin ein Drache, der sich verlaufen hat«, quengelte es.

»Nun ja«, versetzte Mummel, »was könntest du auch sonst sein?«

Er warf einen Blick zurück auf seine Ziegen, die sich in sicherer Entfernung zusammendrängten und ein wachsames Auge auf den Drachen hatten, und verspürte ein würgendes Gefühl im Hals. Er versuchte sich zu erinnern, was Drachen zu speisen pflegten, und in seinem Bewußtsein wurden einige recht ungute Antworten wach.

»Ich habe Durst«, knautschte der Drache verdrießlich. »Ich will meine Milch!«

Kläglich verzog er seine lange Schnauze, und aus jedem der großen Augen kullerte eine riesige Träne und platschte auf den Boden.
»Milch?« wiederholte Mummel bestürzt.
»Ich bin ja noch ein Baby«, schluchzte der Drache.
Dieser Aussage mußte Mummel wohl Rechnung tragen. Wie unförmig und schuppig und wenig anziehend der Drache auf den ersten Blick auch scheinen mochte, so wirkten sein dickes Bäuchlein, die plumpen und unpraktischen Tatzen und die zu nichts taugenden Flügel, wenn man sie mit einigem Wohlwollen betrachtete, doch recht gewinnend. Mit einem breiten Lachen, das freundschaftliche Gefühle und Erleichterung ausdrücken sollte, ging Mummel auf den kleinen Drachen zu, der sich auf den Rücken legte und mit den Beinen in der Luft strampelte.
»Ich heiße Georgina«, sagte der Drache kokett und warf Mummel einen scheuen Seitenblick zu. »Nach einer Freundin meines Opas.«
»Wie schön«, sagte Mummel. »Und was hat dich hierher geführt?«
»Meine Mammi«, antwortete Georgina.
Mummel schaute sich nervös um. Es war nichts zu sehen, was als Drachenmutter anzusprechen gewesen wäre. Wieder schluchzte der kleine Drache lauf auf, und seine Stimme erhob sich zu einem schrillen Schrei der Verzweiflung.
»Kann sie nicht finden! Werde sie nie wiedersehen!«
»Aber natürlich wirst du sie wiedersehen«, versuchte Mummel den Drachen zu beruhigen. »Sicher sucht sie dich jetzt und . . .«
Er verstummte, als ihm klarwurde, was er da soeben ausgesprochen hatte. Aber die Sonne schien, ein Lüftchen wehte, und eine große und besorgte Drachenmutter war nicht in Sicht. Noch nicht!
»Sie schläft«, vermeldete Georgina.
»Bist du sicher?«
»Na klar! Sie stieß kleine Rauchwölkchen aus, wie sie das immer macht, wenn sie träumt. Und ich machte mich still und leise davon, um mich ein wenig umzusehen.«

»Und ... wird sie bald wieder aufwachen?«
»Irgendwann. Sie wird wütend sein, wenn sie merkt, daß ich ausgerissen bin. Sie wird brüllen und fauchen.« Georgina schien von diesem Gedanken nicht unangenehm berührt zu sein. »Lange rote Flammen werden aus ihrer Schnauze lodern – oh, ich wünschte, sie wäre hier! Will meine Mammi wiederhaben!« jammerte das Baby.
»Wollen wir sie suchen gehen?« schlug Mummel vor. »Sie wird vielleicht nicht so böse sein, wenn sie aufwacht und dich in ihrer Nähe findet. Das wäre doch besser, als wenn sie brüllt und Feuer speit ...«
»Flammen sind schön«, fiel Georgina ihm ins Wort.
Sie begann über das Gras auf das Hochland zuzuwatscheln. »Ich glaube, ich bin von da oben gekommen«, meinte sie.
Mummel folgte ihr.
Dank ihrer Krallen und ihres kräftigen Schwanzes kam Georgina trotz ihrer Ungelenkigkeit schnell voran. Hin und wieder blieb sie stehen, hob die Schnauze und schnupperte. Mummel begann es ihr gleichzutun, obwohl er keine Ahnung hatte, wonach sie schnupperte. Schließlich fragte er sie.
»Wo Mammi ist, riecht es immer verbrannt«, erklärte sie. »Sie zündet alles an, was um sie herum ist, das Gras und so.«
»Wie beängstigend für sie!«
»Überhaupt nicht! In Sekunden ist das Gras wieder grün, und wenn ein Baum Feuer fängt, ist im Handumdrehen ein neuer da.«
»Tatsächlich? Aber was geschieht, wenn ein Mensch ... äh ... Feuer fängt?«
Der kleine Drache begann zu lachen. Er lachte so ausgelassen, daß er auf den Rücken fiel und hilflos mit den Beinen strampelte. Das brachte auch Mummel zum Lachen, und eine kleine Weile wieherten und prusteten die beiden um die Wette. Dann riß sich der Junge zusammen und fragte:
»Was ist daran so spaßig, wenn Leute verbrennen?«
»Du bist spaßig!« kicherte Georgina. »In deinem Alter noch an Märchen zu glauben! Es gibt ja gar keine Menschen!«

»Wie bitte?«
»Mammi sagt, daß man sich schreckliche Geschichten über diese sogenannten Menschen erzählt.« Die Augen des kleinen Drachen weiteten sich vor Angst. »Sie haben uns mit Speeren und Schwertern nachgestellt. Mammi sagt, es hat eine Zeit gegeben, da lebten die Drachen in einer Welt, die von Menschen bevölkert war, und sie konnten uns alle nicht ausstehen.«
»Aber . . .«
»Mammi sagt, man kann sie noch manchmal sehen – in Alpträumen. Aber wir leben nicht mehr in ihrer Welt, und so kommt es, daß sie uns nicht mehr gefährlich sind. Wir müssen nur auf die Schlupflöcher achten.«
»Würdest du einen Menschen erkennen, wenn er vor dir stünde?« fragte der Junge vorsichtig.
»Aber natürlich«, lachte Georgina. »Wenn sie nur nicht eine Ausgeburt der Phantasie wären! Sie sind groß und böse und grausam. Sechs Arme haben sie! Und sie machen uns Drachen so böse, daß wir Feuer speien. Mammi will keinen sehen. Es wäre schlecht für ihr Herz, meint sie. Mammi sagt . . .«
Immer noch plappernd, kam sie wieder auf die Beine, schüttelte sich mit einem metallischen Klirren ihrer Schuppen und wackelte

auf den felsigeren und höheren Teil des Berges zu. In Gedanken versunken, ging Mummel hinter ihr her. Schließlich unterbrach er Georgina, als diese sich über das Asthma ihrer Mutter verbreitete.
»Seid ihr heute durch ein Schlupfloch gekommen?« fragte der Junge.
»Jawohl, sind wir. Aber wir hatten Glück. Wir sind nicht in so ein von Menschen bewohntes Märchenland gefallen. Nur in dieses – wo es dich gibt und diese wolligen Dinger. Wir sind nämlich durch ein Schlupfloch *gefallen.*«
»Gefallen?«
»Dieser schreckliche Gareth!« kicherte der kleine Drache. »Er weiß, daß er keine Schlupflöcher herumliegen lassen sollte! Er machte gerade ein großes Schlupfloch auf – mit irgendeinem Zauber, den er entdeckt hatte –, plötzlich sah er Bargas im Wald, lief ihm nach und vergaß auf sein Schlupfloch. Mammi und ich waren auf einem Spaziergang, und wir stolperten durch. Dann muß jemand das Schlupfloch geschlossen haben, denn mit einemmal war es nicht mehr da. Und wir auch nicht! Wir waren hier. Und Mammi schlief ein« – Georgina rümpfte mißmutig die Schnauze –, »und ich weiß nicht einmal, wo ›hier‹ ist!«
»Wer ist Bargas?« fragte Mummel, über all dies höchst verwundert.
Georgina stolperte über einen großen Stein, drehte sich um und sah ihn erstaunt an.
»Bargas ist ein Löwe«, antwortete sie, während sie ihr Gleichgewicht wiedererlangte. »Zum größten Teil. Und ein Mann, wenn er es zu sein wünscht. Kein Menschenmann natürlich.« Sie lachte. »Die gibt's ja in Wirklichkeit gar nicht. Bargas ist nicht oft ein Mann, aber wenn er es ist, beantwortet er jede Frage, die du ihm stellst.«
»Warum?«
»Ich habe ihn nie gefragt.«
Plötzlich jaulte sie vor Freude und begann sich schwerfällig auf eine lange Felskuppe zuzubewegen.
»Mammi! Mammi!« quäkte sie.

Mummel zögerte, doch dann gewann die Neugier die Oberhand, und er folgte dem kleinen Drachen, der seinen schweren Körper auf die Kuppe hinaufhievte. Der Junge erreichte das Plateau gerade noch rechtzeitig, um Georgina auf der anderen Seite in Richtung auf eine beckenartige Mulde hinunterrutschen zu sehen. Die Senke war mit Moos und Thymian ausgepolstert; einige Dornbüsche säumten die Ränder; und ein einziger Drache füllte sie aus.
Mammi war ein Riesending. Von ihrer großen zerklüfteten Schnauze bis zur Spitze ihres gepanzerten Schwanzes maß sie achtzehn Meter. Sie hatte ihre Flügel an die Flanken angelegt, und sie funkelte und glitzerte im Sonnenschein. Lichter flackerten über ihren Leib, während sich die grünen Schuppen unter ihren schweren Atemzügen hoben und senkten. Ihre Augen waren geschlossen. Kleine Rauchwölkchen schossen zwischen ihren halbgeöffneten Kinnbacken hervor. Ihre schuppigen Füße mit den enormen Krallen zuckten, als träumte sie, schnell zu laufen. Sie sah furchterregend aus. »Mammi!« kreischte Georgina und stürzte sich freudig auf das Monstrum.
»Sei doch still!« mahnte Mummel.
Doch der große Drache rührte sich kaum, schlief weiter und wälzte sich nur ein wenig zur Seite. Er warf seine grünen Lippen auf, und von einem nahen Dornbusch kamen Funken geflogen. Er hob die mächtige Tatze ein wenig, und Georgina schob sich darunter. Die Tatze umschloß sie eng, und der kleine Drache seufzte zufrieden und kuschelte sich an die golden schimmernde Unterseite seiner Mutter. Mummel stand auf dem Felsplateau und betrachtete nachdenklich die Szene.
Etwas bewegte sich neben ihm. Er zuckte zusammen, dann atmete er erleichtert auf. Es war nur eine schwarze Katze. Nur? Es war Grimbold.
»Du solltest in dieser Sache etwas unternehmen«, meinte der Kater.
»Was, zum Beispiel?«
»Sieh zu, daß sie in ihre eigene Welt zurückkehren. Wenn Hortense aufwacht und entdeckt, daß die Menschen nicht bloß im Märchen vorkommen . . .«

»Das verstehe ich schon«, sagte Mummel. »Du hast aber leicht reden. ›Sieh zu, daß sie in ihre eigene Welt zurückkehren‹ . . .!«
»Durch ein Schlupfloch sind sie gekommen«, sagte der Kater, »und durch ein Schlupfloch müssen sie wieder verschwinden. Zurück in eine Welt der Magie, wo niemand sie erschrecken, wo niemand ihnen weh tun kann. Und wo auch sie niemandem weh tun können. Wo das Gras sofort wieder grün wird und ein Baum aus seiner eigenen Asche in die Höhe schießt. Wo der Mensch nur etwas ist, womit man Babys Angst macht.«
»Wie soll *ich* denn ein solches Schlupfloch für sie entstehen lassen?«
»Ach du liebe Zeit!« seufzte der Kater. »Hast du denn noch immer nicht begriffen? Ich dachte, du wärst ein Dichter. Kannst du denn kein Schlupfloch in die Nachtwelt zusammenreimen?«
»Reimen? Kann ich das? Ein so großes Schlupfloch?«
Der Kater überlegte. Er gähnte gelangweilt, aber seine Augen funkelten wie Sterne.
»Du brauchst Hilfe«, stellte er fest. »Es wird eines der größten Schupflöcher sein, die es je gegeben hat. Da muß einer schon nicht ganz bei Trost sein, daß er so ein Ding macht und dann einfach davongeht und alles liegen läßt«, fügte er verdrießlich hinzu. »Dann kam sein Vater und machte wieder zu, aber wir wußten nicht, daß etwas durchgekommen war. Es wird was setzen für Gareth, wenn der Alte es erfährt. Und jetzt hör mir gut zu, Mummel! Ich werde dir sagen, was du machen mußt.«
Er gab ihm seine Anweisungen. Und brach plötzlich im Satz ab und verschwand. Mummel starrte auf die Stelle, wo er eben noch gestanden hatte.
»Wo bist du?« rief der Junge.
Aus der Luft hörte er Grimbolds Stimme.
»Gareth!« sagte die Stimme in dringendem Ton, und dann: »Um Himmels willen – nein! Bargas! Laß ihn runter!«
Und das war alles.
Mummel kehrte ins Dorf zurück. Er humpelte von Haus zu Haus, durch Gemüse- und Obstgärten, und rief alle Kinder zusammen. Nicht die älteren – die hatten mit sich selbst genug zu tun. Er

nahm die Kleinen mit – alle, die imstande waren, zu den höhergelegenen Bergwiesen aufzusteigen. Und er führte sie zu der Mulde zwischen den Felsen, wo die Drachen lagen und schliefen.

Unterwegs erzählte er ihnen, was er erlebt hatte, und erklärte ihnen, was sie nun tun müßten. Er dachte sich ein paar Verse aus, und die Kinder lernten sie auswendig. Einige waren ein wenig nervös, aber die meisten zweifelten nicht daran, daß es klappen würde. Als sie dann auf der Felskuppe standen und die Mulde sahen und was sich drin befand, schauten sie Mummel an und lächelten.

Ganz still führte er sie hinunter. Sie stellten sich rund um die Drachen auf. Die Mutter bewegte sich in ihren Träumen, und die Kinder erstarrten. Doch der Drache seufzte nur einmal und war wieder still. Ein Flämmchen, das er ausgestoßen hatte, erfaßte den Rock eines kleines Mädchens, aber Mummel drückte den Funken aus, bevor der Stoff Feuer fangen konnte. Das kleine Mädchen schnappte nach Luft und hob die Hand an den Mund, aber es sagte nichts und nickte Mummel lächelnd zu.

»Und jetzt«, flüsterte er, »nehmt euch an der Hand und sagt den ersten Zauberspruch auf. Alle zusammen, wie ich es euch gesagt habe.«

Sie folgten ihm. Hand in Hand tanzten die Kinder um die Drachen, dabei sprachen sie im Chor die Zauberworte. Und sie lauteten so:

»Wenn Drachen, wie es Drachen oft gefällt,
durch solch ein Schlupfloch kommen, sei es Nacht, sei's Tag,
in unsere, der Menschen Welt –
wir zaubern sie zurück, was immer auch geschehn sein mag.
Denn unser Wunsch ist allemal,
sie zu bewahr'n vor Leid und Qual –
denn Mensch und Drache, dran läßt sich nicht rühren,
müssen verschied'ne Leben führen.
Ihr Zauberschranken, hört: durch Berg und Tal
laßt eure Drachen noch einmal passieren.«

Ein sonderbarer Nebelschleier senkte sich auf die schlafenden Geschöpfe herab. Ihre Konturen verschwammen. Georgina öffnete eines ihrer feuerroten Augen und ließ es sekundenlang über die Kinder gleiten. In der Mulde blitzte es auf wie bei einem Sommergewitter – eine graue Rauchspirale – und die Drachen waren fort.

»Jetzt sind sie wieder zu Hause!« riefen einige Kinder und klatschten in die Hände.

»Nein! Ihr dürft den Kreis nicht unterbrechen!« warnte Mummel. »Ihr müßt das Schlupfloch hinter ihnen schließen! Rasch! Beeilt euch!«

Die Kinder faßten einander wieder an den Händen und begannen ihren Ringelreihen in der entgegengesetzten Richtung zu tanzen. Sie waren sehr froh, daß ihr Zauber gewirkt hatte, und sie hüpften und sprangen, während sie die Senke umkreisten. Alle zusammen sangen die Kinder den nächsten Vers nach der Melodie eines alten Wiegenliedes:

»Schließ dich, Schlupfloch auf dem Hügel,
die Drachen sind hinter Schloß und Riegel,
in ihrer Welt von Magie und Nacht!
Wir bleiben dort, wo die Sonne lacht!«

Wieder füllte ein flackerndes Licht die Mulde, und Mummel atmete erleichtert auf. Das Schlupfloch schloß sich. Doch im allerletzten Augenblick durchbrach etwas den Dunstschleier und die flimmernde Luft, sprang blitzschnell über den Ring der Kinder hinweg und verschwand, den Berghöhen zustrebend, zwischen den Felsen. Die Mulde war wieder nur eine leere Senke. Nichts war von all dem zurückgeblieben als das verkohlte Zweiglein eines Dornbusches und ein versengtes Fleckchen auf dem Wollrock eines kleinen Mädchens.

Still kehrten die Kinder in ihre Häuser zurück. Selbst untereinander sprachen sie kaum jemals über das, was geschehen war. Auch ihren Eltern oder älteren Geschwistern gegenüber erwähnten sie nichts. Die Magie hat für jeden eine andere Bedeutung, aber für uns alle ist sie ein kostbares Erlebnis, von dem wir nicht wollen, daß es angezweifelt oder in Frage gestellt wird. Es ist immer besser, man behält es für sich.

Nur das kleine Mädchen begleitete Mummel, um ihm zu helfen,

die verängstigten Ziegen wieder zu Tal zu treiben. Sie berührte das versengte Fleckchen an ihrem Rock und stieß einen leisen Seufzer aus. Fragend sah der Junge sie an.
»Ich wollte, es wäre ein Weilchen bei uns geblieben«, sagte sie. »Es war so wunderhübsch.«
»Du hast ihn also auch gesehen? Ich dachte, ich hätte mich geirrt.«
»Ja, ich habe es gesehen. Strahlend weiß kam es durch die Lücke gesprungen – schnell wie ein Blitz. Ich hoffe, es wird hier in Sicherheit sein.«
»Das hoffe ich auch«, sagte der Junge sorgenvoll. »Aber er hätte die Nachtwelt nicht verlassen sollen! Es könnte sein, daß ihm die Jäger hier nachstellen – einem großen weißen Löwen ...«
»Löwen?« wiederholte das Mädchen verdutzt. »Wovon redest du, Mummel? Ich habe ein Einhorn gesehen!«

Die Fabeltiere II

Manche sieht man nur am Tage,
manche wieder sieht man nie,
und von anderen, keine Frage,
erzählt allein uns nur die Sage.

Was macht kluge Leute gar so sicher,
wem zu trauen und wem nicht?
Pterodactylus – Vogel Rock – Minotaurus –
Mammut – Basilisk – oder Brontosaurus?

Märchen, Monster vorgeschichtlich –
was ist falsch und was ist richtig?
Ob Tiere Liebe suchen, ob sie rauben –
nur wenige woll'n an dich glauben!

VIERTES KAPITEL

Der Rote Turm

Über einen schmalen Pfad wanderte Mummel mit seinen Ziegen langsam heimwärts. Im schwindenden Licht des Tages schlüpfte ein Fuchs lautlos im Schatten einer Hecke vorbei.
»Guten Abend«, grüßte Mummel.
Der Fuchs warf ihm einen gelangweilten Blick zu, zog eine Lefze hoch, was möglicherweise als Grinsen zu werten war, und verschwand.
»Keine Manieren«, bemerkte Mummel.
Ein sprödes Stimmchen kam von einem nahen Torpfosten, auf dem die Katze Dulcie saß. Es war eine kleine, graue, rundliche und hübsche Katze mit sauberen Pfoten, weißen Flecken und einem unschuldsvollen Lächeln.
»Das war Tod Lowrie«, ließ sie Mummel wissen. »Und Manieren sind für ihn ein Fremdwort.«
»Ich habe noch nie mit einem Fuchs gesprochen.«
»Da hast du nicht viel versäumt. Das sind Schlitzohren.«
»Sie tun mir leid«, sagte Mummel. »Sie sind so schöne Tiere und haben doch so ein hartes Leben. Wohin wollte er denn so eilig?«
»Er kennt die Schlupflöcher«, erwiderte Dulcie und rümpfte geringschätzig ihr Näschen. »Er verbringt zu viel Zeit auf der anderen Seite.«
»Ich wünschte, ich könnte mal wieder hinüber«, sagte der Junge sehnsüchtig. »Aber allein möchte ich es nicht versuchen. Hör mal, siehst du Grimbold hin und wieder?«
»Hin und wieder«, antwortete Dulcie. »Aber er ist ein Fürst unter den Katzen, und ich bin nur ein kleiner Niemand und überhaupt nicht ehrgeizig. Manchmal besuche ich die Nachtwelt, weil – na ja, zum Spaß.« Sie schlug lächelnd mit dem Schwanz. Und plötzlich war der Fuchs wieder da.
»Psst!« zischte er.

Alle fuhren zusammen, die Ziegen nicht ausgenommen. Dulcie machte einen Buckel und ließ ein Geräusch hören wie von einem Wassertropfen, der ins Feuer fällt.
Der Fuchs ignorierte ihr Gehaben. Er musterte Mummel mit leuchtenden Augen und zog abermals eine Lefze hoch, um eine Reihe glitzernder Zähne sehen zu lassen.
»Ich nehme dich mit nach drüben«, machte er sich erbötig.
»Nein!« rief Dulcie.
»Nein!« riefen die Ziegen.
»Warum nicht?« wollte Mummel wissen.
»Man kann sich auf den Kerl nicht verlassen«, schnaubte der Bock.
»Und er ist überhaupt nicht liebenswürdig«, sagte eine andere Ziege.
»Er ist ein Dieb!« fauchte Dulcie.
»Und ein Mörder!« blökte die Herde.
Der Fuchs ließ den schönen Kopf sinken und warf Mummel einen Blick aus den Augenwinkeln zu.
»Niemand liebt mich«, jammerte er.
Er rümpfte ein ganz klein wenig die Nase. Gerührt beugte Mummel sich vor, um ihn zu streicheln. Wie ein Blitz sprang Tod Lowrie zur Seite, und seine Zähne klickten, als er nach der freundlichen Hand schnappte, sie aber verfehlte.
»Verzeihung«, murmelte er, aber es klang nicht überzeugend. »Eine Reaktion meiner Muskeln.«
Der Bock senkte die großen Hörner und kam bedrohlich näher.
»Fort mit dir, du roter Halunke!« schnaubte er.
»Hau ab!« riefen die anderen und schlossen einen Kreis um ihn.
Die kleine graue Katze sträubte zornig ihr Fell und zeigte ihre Zähne.
Tod Lowrie setzte eine kummervolle Miene auf.
»Immer das gleiche«, seufzte er, »ich werde von aller Welt verlästert und mißverstanden. Ich habe mich nur erbötig gemacht, dich durch die Lücke zu schleusen, weil ich deine Hilfe brauche, Mummel.«

»Das soll einer glauben«, knurrte der Bock. »Aus deinem schiefen Maul kommt doch kein gerades Wort!«
»Wie kann man denn nur so mißtrauisch sein, Böcklein«, gab der Fuchs zurück. »Du läßt dich doch wohl nicht von diesen Gimpeln beraten, Mummel? Du teilst doch nicht ihre lächerlichen Ängste? Bist du nicht willens, eine Chance wahrzunehmen?«
»Hör nicht auf ihn!« warnte Dulcie.
Doch der Junge sehnte sich danach, die Nachtwelt noch einmal zu besuchen, und schließlich war der Fuchs, soviel Mißtrauen man ihm auch entgegenbrachte, ein Geschöpf, dem schon immer magische Kräfte zugesprochen worden waren.
»Ich begleite dich«, sagte Mummel.
Die Ziegen meckerten, der Bock schüttelte den Kopf.
»Wir sollten bald gehen, Tod Lowrie«, drängte der Junge.
Der Fuchs schmiegte sich an sein Knie und warf William, dem Bock, einen ironischen Seitenblick zu. Dann sagte er leise:

»Für Hund und Fallensteller meinen Hohn,
laßt durch das Schlupfloch diesen Menschensohn!«

Und mit einem bösen Kichern fügte er hinzu:

»Durch dieses Schlupfloch in die Welt der Nacht,
wo schon mein Meister wartend steht habt acht.«

Die Erde erbebte. Nebel stieg auf. Der Pfad war nicht mehr jener Pfad, den Mummel kannte.
Die Hecken waren purpurrot, ihre Blüten mit saphirblauen Lichtern gesprenkelt. Die wilden Rosen schimmerten golden, und das Gatter schien aus reinem Silber gefertigt. Dulcie, zweimal so groß wie sonst, saß immer noch auf dem Pfosten und hatte den Rücken zu einem zornigen Buckel gekrümmt. Die Ziegen hatten zottiges, scharlachrotes Fell und Hörner aus Elfenbein. Unruhig standen sie beisammen, und nun bewegten sie alle gleichzeitig die Köpfe, um etwas zu sehen, was sich hinter Mummel befand.
Auch der Fuchs schaute sich um und lachte kurz auf. Mummel lief es kalt über den Rücken. Er drehte sich um und blickte in das Gesicht eines Zauberers.
Die Hände an den Seiten, riesengroß und regungslos, stand er da. Er hatte Augen wie fahle Steine, und dementsprechend war auch

ihr Ausdruck. Er trug ein langes schwarzes Gewand mit einem glitzernden Gürtel. Sein Haar war weiß, aber sein Gesicht wirkte nicht alt. Er sah furchterregend aus: harte Furchen zogen sich tief rund um einen Mund, der nicht zum Lächeln geschaffen zu sein schien. Und als der Magier dann doch lächelte, wichen alle unwillkürlich vor ihm zurück.

»Du bist also Mummel«, begann der Zauberer mit tiefer, wohlklingender Stimme. »Hör mir zu, Junge. Ich bin ein großer Herr in den nächtlichen Welten, ein Meister der Zauberei. Meine Macht ist zu furchtbar, um ausgesprochen zu werden, und . . .«

»Du bist der Herr der Finsternis«, fiel Dulcie ihm ins Wort.

Zornig klickte der Magier mit den Zähnen, so wie es der Fuchs getan hatte.

»Katze!« knurrte er, »das wird dich den Kopf kosten!«

Er erhob beschwörend beide Arme und ließ seine gewaltige Stimme ertönen:

»Du, die du meinen Weg zu queren sich erfrecht,
vernimm mein Urteil über dich und dein Geschlecht!«

»Rutsch mir doch den Buckel runter«, fiel Dulcie ihm ins Wort. »Wie kann man solchen Unsinn reden? Bei mir bist du an der falschen Adresse. Ich bin eine Katze! Mit deinen Zaubersprüchen kannst du bei mir nichts ausrichten, das solltest du eigentlich wissen.«

Sie gähnte, schärfte sich geflissentlich ihre Krallen am Gatter und sprang lautlos auf der anderen Seite hinunter. Der Zauberer rang nach Fassung.

»Ihr nach, Tod Lowrie!« brüllte er. »Laß sie nicht entkommen!«

Wie ein roter Blitz sauste der Fuchs über das Gatter, und nach wenigen Augenblicken erstarb das dumpfe Aufschlagen seiner Pfoten auf der jenseitigen Wiese.

»Laß nicht zu, daß er ihr weh tut!« rief Mummel.

Eine der Ziegen drückte den Kopf gegen seine Hand und murmelte beschwichtigend: »Mittlerweile ist sie schon über alle Berge. In dieser Welt sind Katzen schneller als alle anderen Lebewesen.«

»Katzen schon, aber Ziegen nicht«, fauchte der Herr der Finsternis. »Ich werde dich und deine ganze Herde in eine Schar Feldmäuse verwandeln!«
»Moment mal, Euer ... Ehren«, legte sich Mummel ins Mittel. »Laßt meine Ziegen in Frieden.«
Der Zauberer funkelte den Jungen an.
»Du kommst mit mir«, stieß er zwischen den Zähnen hervor. »In meinen Turm. Kommst du freiwillig – oder als stummelschwänzige Hausmaus in meiner Tasche?«
»Ich komme lieber so, wie ich bin«, erwiderte Mummel.
Der Herr der Finsternis stieß einen gellenden Pfiff aus, von der Sorte, wie Mummel ihn so gern beherrscht hätte. Von einem Bauernhof in weiter Ferne kam ein Wiehern als Antwort. Schon wurde es Abend; die Dämmerung senkte sich herab, und die Farben dieser anderen Welt wurden lebhafter und seltsamer.
In den Zweigen einiger eisblauer Eichen begannen Fledermäuse ihren wirbelnden, eigenwilligen Tanz und ließen feurige Spuren hinter ihren silbernen Flügeln zurück.
Ein Geräusch wie von trommelnden Hufen kam rasch über die Felder näher, und ein mächtiger Hengst setzte über die Hecke. Er sah aus wie aus Schnee gemeißelt; sein weißes Fell schimmerte, und wenn er seine Mähne schüttelte, regnete es diamantene Funken, die im Fallen erloschen. Stolz bog er seinen Nacken, und seine Augen funkelten. Aber Mummel kannte das Tier. Es war Scheck, das Zugpferd. In der Welt des Tageslichts war er ein gefleckter, sanftmütiger Gaul, das liebenswürdigste Wesen weit und breit.
Ein Dampfstrahl schoß aus seinen bebenden Nüstern, und er rieb seinen Kopf am Arm des Jungen.
»Guten Abend, Freund«, begrüßte er Mummel.
»*Ich* habe dich gerufen«, bemerkte der Magier kühl.
»Na so was«, gab das große Pferd zurück.
Der Magier hob drohend die Hand, und Scheck legte die Ohren zurück. Rasch versuchte Mummel zu vermitteln.
»Ach bitte«, wandte er sich an den Zauberer, »sprachst du nicht von einem Turm, zu dem du mich mitnehmen wolltest ...?«

Statt die Frage zu beantworten, packte der Zauberer den Jungen beim Arm und sprang mit ihm auf den Rücken des Pferdes.
»Zum Roten Turm!« rief er.
Einen Augenblick lang scharrte das weiße Pferd mit den Hufen, dann warf es den Kopf zurück, zog die kräftigen Hinterbeine an und sprang in kühnem Satz über die Hecke. Aber es landete nicht auf der jenseits gelegenen Wiese. Mit ungeheurer Schnelligkeit galoppierte es in den Nachthimmel hinauf, wobei es schwankende Wipfeln streifte und in seinem Flug eine empörte Eule rempelte.
»Paß doch auf!« kreischte der Vogel.
»Flügel müssen der Magie weichen!« trompetete das große Pferd und setzte seinen Weg fort.
Unter sich sah Mummel die Nachtwelt liegen.
Er sah die Blumen in den Gärten in allen Regenbogenfarben leuchten; blendende Lichter in den Fenstern; silberne und goldene Blätter – Blätter aus klirrendem Glas. Manche Häuser hatten sich verändert; einige waren viel größer geworden, andere zu Puppenhäusern zusammengeschrumpft; bei wieder anderen flatterten bunte Wimpel von den Schornsteinen. Und eines...
Mummel war so erstaunt, daß er zur Seite schwankte; er wäre heruntergefallen, wenn der Herr der Finsternis ihn nicht zurückgehalten hätte.
Er hatte das Haus da unten immer nur als baufälliges, düsteres Gehöft mit schadhaftem Dach und schiefem Schornstein gekannt. Jetzt war es ein bezauberndes weißes Schlößchen, das fröhlich schimmerte und glitzerte, während bunte Flaggen von seinen Türmen flatterten.
»Aber... das ist ja die Bourne-Farm!« japste Mummel. »Wo der mürrische Mann wohnt, der Kinder nicht mag und mit einem Stock hinter ihnen herläuft!«
Als der Zauberer ihm antwortete, klang seine Stimme verändert. Unter ihrer gewohnten Kälte schwang etwas wie Mitgefühl mit.
»Er tut bloß so, als würde er Kinder hassen, denn seine kleine Tochter ist gestorben. Das ist das Schloß, das er im Geist für sie gebaut hat. Hier begegnet er ihr in seinen Träumen.«
Mummel blieb stumm, und in seinen Augen brannten Tränen.

Dann hüllte ihn die Freude ein, die diese Träume dem einsamen Mann schenkten, und er lächelte.
Mit einemmal sah er den Berg. Nur ganz flüchtig.
Fest schloß er die Augen. Der Anblick war einfach überwältigend. Der Berg ragte viel höher auf, als er jemals in der Tageslichtwelt aufgeragt hatte – viel höher! Sein Gipfel reckte sich den Sternen entgegen. Der Schnee auf den Kämmen glitzerte wie loderndes Feuer; Eis wie Sternhaufen und schimmernde Juwelen lagen um die Felsen verstreut – zauberhaft und geheimnisvoll. Unvorstellbar. Unvergeßlich.
Als der Junge endlich wagte, die Augen wieder zu öffnen, lag der Berg schon weit hinter ihnen.
Nun kreisten sie über einem sechsseitigen steinernen roten Turm, der einsam im Moor stand. Brustwehren und Zinnen waren breiter als das Fundament. Der ganze Turm neigte sich gefährlich zur Seite; er sah höchst unsicher aus. Aus einem Schornstein quoll grünlicher Rauch.
Der Zauberer seufzte.
»Osten, Westen, zu Hause ist's am besten«, sagte er.
Das große Pferd verlor an Höhe, bis es mit einem dumpfen Aufschlag neben einer windschiefen Treppe landete. Der Magier glitt von seinem Rücken und nahm den Jungen mit sich. Er gab Scheck einen Klaps auf den Hals.
»Ab mit dir«, sagte er. »Heute nacht brauche ich dich nicht mehr.«
»Und was ist mit Mummel?« erkundigte sich das Pferd.
Die Stimme des Magiers klang rauh, als er antwortete: »Fort mit dir!« Doch das Pferd rührte sich nicht. Wie ein leuchtender Fels im Mondlicht blieb es stehen.
»Ich werde hier warten, bis ich Mummel wieder heimbringen kann«, sagte es.
»Na, dann warte eben«, fauchte der Magier. »Warte, bis deine großen Hufe Wurzeln schlagen!«
Mummel hinter sich herzerrend, stürmte er zornig die Treppe hinauf. Die Tür des Roten Turms stand offen, fiel aber hallend zu, nachdem sie sie durchschritten hatten.

Mummel wurde durch gewundene Gänge bugsiert, über eine enge Wendeltreppe hinauf und schließlich in einen Raum, dessen gewölbte Decke und graue Wände in einem so unnatürlichen Winkel aufeinandertrafen, daß sich ihm der Kopf drehte.
Unter einem überhängenden Kupferdach schwelte ein Holzblock im Kamin. Er flammte hell auf, als der Magier sich in einem gepolsterten Ledersessel niederließ, dessen Füße wie die Pranken eines Löwen geschnitzt waren. Sobald sie das Gewicht des Magiers aufnahmen, kamen Krallen zum Vorschein.
»Komm hier rüber und wärm dich auf«, sagte der Herr der Finsternis.
»Vielen Dank«, erwiderte Mummel höflich, »aber mir ist immer warm.«
Er ging zum Kamin hinüber. Der Magier musterte ihn scharf.
»Darf ich den Silberring sehen, den du da trägst?« fragte er.
»Selbstverständlich«, antwortete der Junge.
Er versuchte den Ring vom Finger zu ziehen, aber der steckte fest, und Mummel betrachtete ihn erstaunt. Dann wandte er sich dem Zauberer zu und schrak vor dessen räuberischem Blick zurück.
»Ich kriege ihn nicht runter«, sagte Mummel.
Der Magier sprang auf die Beine; drohend ragte er im Feuerschein auf.
»Gib ihn her!« brüllte er. »Sofort! Oder ich spreche einen Zauber über dich, der deine Zehen in Klauen verwandeln, deine Finger miteinander verschlingen und dir in den Ohren dröhnen wird. Du wirst dich krümmen, und du wirst ausdörren und zusammenschrumpfen, bis nichts mehr von dir übrig ist als ein zitterndes, sich duckendes ...«
»Mäuschen«, schlug Mummel vor.
»Nicht unbedingt«, krächzte der Magier. »Du könntest auch eine grün-rosa gefärbte, vom Zipperlein geplagte Fledermaus mit zwei linken Flügeln werden!«
Drohend kam er auf Mummel zu.
Der Junge wich zurück, bis ihn eine Steinwand aufhielt. Verzweifelt sah er sich um, konnte aber keinen Fluchtweg entdecken. Er war allein mit einem riesengroßen und zornigen Zauberer.

»Wenn du mir den Ring mit Gewalt abnehmen willst«, sagte er, »kann ich dich natürlich nicht daran hindern. Aber wozu brauchst du ihn? Du kannst doch schon mit Tieren sprechen. Du hast mit Tod Lowrie gesprochen und mit Scheck . . .«
»In dieser Welt kann jeder mit allem reden«, erwiderte der Magier. »Aber ich will auch bei Sonnenschein Macht besitzen! Mit dem Silberring könnte ich so mächtig sein wie Salomon. Ich hätte eine Heerschar von Dienern und überall meine Spione. Ich könnte meinen schiefen Turm in der Tageslichtwelt der Menschen errichten und sie alle beherrschen.«
Er wirbelte herum und begann ruhelos im Raum auf und ab zu schreiten.
»Wozu brauchst du denn so viel Macht?« fragte Mummel. »Du hast doch hier in der Nachtwelt schon alles, was man sich nur wünschen kann.«
Der Herr der Finsternis blieb stehen. Er hob seinen ehrfurchtgebietenden Schädel und starrte vor sich hin ins Leere.
»Habe ich das wirklich?« fragte er wie aus weiter Ferne.
Dann wandte er sich wieder Mummel zu.
»Genug geredet«, erklärte er. »Gib den Ring her!«
»Nein.«
»Du wagst es, mir zu trotzen?«
»Also – ja. Wenn du ihn haben willst, mußt du ihn mir mit Gewalt nehmen. Ich werde ihn dir nicht geben, denn ich denke, du solltest ihn nicht bekommen.«
Zu Mummels großer Überraschung wandte der Magier sich ab und versetzte dem Feuer einen kräftigen Tritt, so daß die Funken über den Kaminvorleger sprühten. Dann trat er die Glut aus und sagte zornig:
»Der Teufel soll dich holen, Junge! Du hast den Ring geschenkt bekommen, und er kann dir nicht weggenommen werden – außer du schenkst ihn weiter, sonst verliert er seine Zauberkraft. Du *mußt* ihn mir geben!«
»Finde dich damit ab, daß du ihn nicht bekommst«, entgegnete Mummel mit dem Mut der Verzweiflung, »denn ich werde ihn dir nicht schenken.«

»In diesem Fall wirst du eben hierbleiben, bis du es dir anders überlegt hast«, gab der Magier zurück. »Angekettet in einem Verlies bei Wasser und Brot. Spinnen werden dir über den Hals kriechen und Mäuse über die Füße laufen. Und einige Monster, wie sie sonst nur in Alpträumen vorkommen, werden dir Gesellschaft leisten.«
Mit seinen langen Armen vollführte er eine weitausholende Geste und deklamierte in feierlichem Ton:

»Durch die unbeugsame Macht
meines Turmes, schief und rot,
soll dieser Knabe seinen Starrsinn büßen
und angekettet liegen in Verliesen.
Dort soll er einsam bleiben und allein,
bis er mir wird gefügig sein.«

Noch hallte das Echo seiner Stimme von den Wölbungen der Decke wider, als Mummel schon von einem so gewaltigen Wirbelwind aus grünem Rauch gepackt wurde, daß ihm Hören und Sehen verging.
Als der Wind sich legte, hatte Mummel um seine Mitte eine schwere eiserne Kette, die an einer Wand festgemacht war. Er befand sich in einer engen und kahlen Dachstube, die mit Spinnweben bedeckt war. Durch ein vergittertes Fenster fiel ein Strahl Mondlicht auf den holprigen Fußboden. Überall lauerten dunkle Schatten. Es war kalt und still. Völlig still, bis auf ein einziges dünnes Stimmchen.
»Ist . . . ist da jemand?« fragte Mummel, als er wieder zu Atem gekommen war.
Die Antwort kam im Flüsterton. »Nur wir Mäuse.«
Der Junge tat einen Seufzer der Erleichterung.
»Ich hatte schon Angst – ich weiß gar nicht wovor.«
»Mummel!« piepste die dünne Stimme.
Eine Feldmaus kam in das Fleckchen Mondlicht getrippelt. Sie setzte sich aufrecht und legte das Köpfchen horchend zur Seite.
»Vater ist wieder einmal böse auf mich«, sagte sie.
»Ach, du bist's, Gareth!«
Die Maus fuhr sich lässig mit der Pfote über das Schnurrhaar,

zwinkerte und ließ ein leises Kichern vernehmen. Dann kam sie auf Mummels nackten Fuß zugetrippelt. Das weiche Fell kitzelte, und die Zehen des Jungen zuckten unwillkürlich. Aber Gareth bewahrte das Gleichgewicht, schlang seinen Schwanz um seine Vorderpfoten und lehnte sich behaglich zurück.

»Also, das war so«, begann er. »Der alte Herr hatte eine Methode entwickelt, um aus Kartoffeln, die man nicht mehr essen kann, Heißwasser zu gewinnen. Und ich verwandelte das Wasser in kochenden Sirup. Und überschwemmte damit den ganzen Keller«, berichtete er fröhlich. »Anschließend zündete ich seine Pantoffeln an. Er war etwas vergrämt – und da bin ich nun. Und bleibe so lange, bis mir ein Zauberspruch einfällt, mit dem ich wieder ein weißes Fell bekomme.«

»Gibt es denn einen solchen Zauberspruch?«

»Keine Ahnung. Ich habe praktisch schon alle Farben durchexerziert«, sagte die Maus, »einschließlich solcher, die ich gar nicht haben wollte. Aber mit Weiß ist das so eine Sache. Es kann lange dauern.«

Er drehte das Köpfchen zur Seite und starrte auf das Fleckchen Mondlicht auf dem Fußboden.

»Da kommt etwas!« zischte er.

Mummel folgte seinem Blick, sah jedoch nichts Ungewöhnliches. Dann aber bemerkte er, daß sich das Licht veränderte und milchig wurde. Ein Nebel begann daraus aufzusteigen, und just als er die Sparren erreichte, begannen dort zwei rote Augen zu leuchten. Um sie herum formte sich ein Gesicht. Eine lange Nase, ein breiter, abstoßender Mund; Strähnen grauen Haares; große, runde, zukkende Ohren. Darunter bildeten sich schmale, hängende Schultern und dünne Arme mit riesigen Händen.

»Buh!« machte die Erscheinung.

Die Feldmaus schnaubte verächtlich.

»Hau ab, Heliotrop«, sagte sie.

»Oh!« murmelte das Ding. »Es ist der junge Herr Gareth!«

»Jawohl, und ich werde nicht zulassen, daß du hier reinkommst und eine Schau abziehst«, pfauchte die Maus. »Hab die Güte und zieh Leine!«

In einem Zustand quälender Ungewißheit rang die nebelhafte Gestalt die Hände.
»Ich habe meine Befehle«, winselte sie. »Buh!«
»Genug gebuht!« erwiderte Gareth. »Ich zähle bis drei. Dann beiß ich dich in den Knöchel.«
»Nein! Ich tu doch nur meine Pflicht, Herr. Buh...« jammerte das Geschöpf.
»Eins«, begann Gareth.
Mit einem markerschütternden Schrei verschwand das Monster.
»Der arme alte Heliotrop«, bemerkte Gareth, »der einzige, den er noch erschrecken kann, ist er selbst.« Und nachdenklich fügte er hinzu: »Aber Vater könnte jetzt etwas wirklich Scheußliches erscheinen lassen.«
Dann schmiegte er sich verängstigt an Mummels Knöchel, als eine große graue Maus über den Fußboden huschte.
»Laß nicht zu, daß sie mir etwas antut!« flehte Gareth.
Mummel war überrascht, aber er wandte sich freundlich an den Neuankömmling. »Es ist sicher nicht deine Absicht, meinem Freund ein Leid zuzufügen, nicht wahr?«
»Hast du eine Ahnung«, jammerte Gareth. »Diese Hausmäuse sind größer als ich. Sie haben mich schon wiederholt in den Schwanz gekniffen – und mich herumgestoßen!«
Die graue Maus ließ schuldbewußt den Kopf hängen. »Er war frech zu uns«, erklärte sie verdrießlich.
»Er ist doch nicht er selbst«, meinte Mummel beschwichtigend. »Wenn er wieder er selbst ist, wird er euch Brotkrumen und Käse bringen, wenn ihr jetzt nett zu ihm seid.«
Forschend blickte die graue Maus den Sohn des Zauberers an; dann nickte sie.
»Also gut«, sagte sie. »Abgemacht. Ich gehe jetzt und werde es den anderen sagen.«
Sie verschwand in den Schatten.
»Brillant«, sagte Gareth. »Ich hätte ihnen gedroht, Fallen für sie aufzustellen.«
»Das wäre ebenso unverschämt wie unbesonnen gewesen«, meinte Mummel.

Gareth lachte nur, dann sagte er: »Ich werde jetzt lieber versuchen, dich hier rauszubekommen, bevor noch was Ärgeres passiert.«
Er überlegte eine Weile, dabei hielt er die Augen fest geschlossen und ließ seine rosafarbene Zungenspitze aus einem Winkel seines Mäulchens hängen. Mummel verhielt sich völlig still, denn er wollte ihn nicht ablenken. Er setzte kein großes Vertrauen in Gareths Geisteskraft. Endlich zuckte der Sohn des Zauberers mit seinem Schnurrhaar, musterte den Jungen und sagte:
»Kann sein, es funktioniert, kann sein, es funktioniert nicht. Bei Zaubersprüchen weiß man nie so genau, wie man dran ist. Sei jedenfalls auf alles gefaßt.« Und dann:

»Magische Runen,
löset die Ketten!«

Mummel sah ihn zweifelnd an, als nichts passierte, und Gareth verzog ärgerlich die Schnauze.
»Also wirklich!« stieß er entrüstet hervor. »Das war doch ein prima Spruch!«
»Hätte er sich vielleicht reimen sollen? Das hat er nämlich nicht.«
»Ich fand ihn in Ordnung«, meinte Gareth. »Wie wär's denn damit:

Magische Wesen
sollen diese Ketten lösen!«

Strahlend sah er Mummel an, aber der Junge schüttelte den Kopf. Auch dieser Versuch war fehlgeschlagen.
»Mit diesen kleinwinzigen Zaubersprüchen hatte ich nie eine glückliche Hand«, erklärte Gareth ungeduldig. »Mir liegt eher das lyrische Zeug. Versuch's *du* doch mal.«
Er setzte sich auf die Hinterpfoten und sah den Jungen erwartungsvoll an, aber in Mummels Hirn war eine große Leere. Er bemerkte kaum, daß eine kleine Schar grauer Mäuse einen Kreis um ihn geschlossen hatte. Er nahm den Kopf in beide Hände.
»Mir fällt einfach nichts ein, was sich reimen würde«, klagte er.
Eine der Mäuse trat schüchtern einen Schritt vor.
»Ließe sich vielleicht damit etwas anfangen?« erkundigte sie sich und setzte fort:

»Magisches Mondlicht,
mach die Runen dicht.«

Der Sohn des Zauberers musterte sie frostig.

»Das wäre ganz hübsch«, sagte er, »wenn es einen Sinn ergäbe.«

Mit hängendem Kopf zog sich das Mäuschen zurück, und die anderen kicherten und stießen sich an.

Doch dann meldete sich überraschend eine neue Stimme, eine stolze und kräftige Stimme, und sie sagte:

»Magie soll ihn retten
und zerschlagen die Ketten!«

Die Kette um Mummels Mitte brach entzwei und fiel rasselnd zu Boden. Die Mäuse ließen ein schrilles Pfeifen hören und stoben auseinander: Grimbold saß grinsend im Mondlicht. Riesengroß wie ein Leopard, mit feurigen Augen und gar schrecklich anzusehen. Er neigte sich nach vorn, bis er flach über seinen Vorderpfoten kauerte; sein Schweif begann zu peitschen.

»Nein!« kreischte Gareth.

»Nein!« rief der Junge.

Aber Grimbold war schneller als ihre Rufe. Gareth winselte unter seinen Krallen.

»Grimbold!« schrie Mummel. »Er ist doch dein Herr!«

»Ich habe keinen Herrn«, knurrte der Leopard mit rauher Kehle. Nachlässig schleckte er die leise wimmernde Maus ab.

»Oh!« rief Mummel. »Er ist weiß vor Angst geworden!«

Und plötzlich sprang Gareth auf und stand schlank und rank auf seinen eigenen zwei Beinen. Seine golden schimmernden Augen waren immer noch weit aufgerissen vor Schreck, und seine Haare feucht, wo Grimbold sie geleckt hatte. Er blickte auf sein langes, scharlachrotes Gewand hinab, hob die Hände und lachte. Er beugte sich zu der großen Katze nieder, aber Grimbold wandte sich hochmütig ab.

»Keine Gefühlsduseleien, wenn ich bitten darf«, sagte er.

Wieder lachte Gareth. Grimbold sah den Jungen an.

»Wie konntest du dich nur mit Tod Lowrie einlassen, du dummer Junge!« sagte er. »Dulcie hat mir alles erzählt. Und weil ich

fürchtete, du könntest dem Herrn der Finsternis den Silberring geben, bin ich dir hierher gefolgt. Und jetzt solltest du abschwirren«, fügte er hinzu, »denn ich glaube, da kommt er schon.«
Der Leopard sprang auf die Fensternische zu. Schwarz und verzerrt fiel sein Schatten auf den Fußboden.
»Ich komme da nicht durch«, sagte Mummel verzweifelt. »Es ist ja vergittert!«
»Pah!« machte Grimbold. »Was sind schon Gitterstäbe?«
Er schlug träge mit dem Schwanz und sagte:

»Mond und Sterne, erfüllt mein Verlangen!
Entfernt sogleich diese stählernen Stangen!«

Der Weg war frei. Grimbold sprang in die Nacht hinaus.
Draußen vor der Tür wurden schwere Schritte laut, und ein Schlüssel knirschte im Schloß.
Mummel lief zum Fenster, aber es war so hoch, daß er es nicht erreichen konnte. Er versuchte an der rauhen Wand hinaufzuklettern, rutschte aber immer wieder ab. Da trat Gareth hinter ihn, hob ihn hoch und warf ihn durch die gitterlose Fensteröffnung. Der Junge hatte gerade noch Zeit, mit Schaudern an den tiefen Sturz zu denken, der ihm bevorstand, als er sich auf dem Rücken eines Pferdes fand, an dessen Mähne er sich festhalten konnte. Scheck hatte draußen auf ihn gewartet.
Grimbold kauerte auf dem breiten, weißen Hinterteil. Das Zugpferd schwenkte herum und begann in gestrecktem Galopp durch die kalte Nacht zu stürmen.
Hinter sich hörten sie das Wutgebrüll des Magiers und das Lachen seines Sohnes.
»Ich begleite dich noch bis zum Wiesenpfad, wo deine Ziegen warten. Und Scheck geht mit dir durch das Schlupfloch. Ihr könnt alle bis zum Abendessen daheim sein. Aber ich muß zum Roten Turm zurück. Zu meinem Herrn? Nein. Zu meinem Freund, ja. Er wird mich brauchen.«
Als Mummel später auf dem Rücken Schecks, umgeben von den Ziegen, die sich um ihn drängten und immer wieder Fragen stellten, auf das Haus seiner Zieheltern zuritt, sah er etwas im Schatten der Hecke lautlos vorbeischleichen.

»Gute Nacht, du schöner Schurke!« rief der Junge.
Der Fuchs ließ ein dumpfes Knurren vernehmen. Etwas Großes, Gefiedertes hing schlaff aus seinem Maul. Aber bevor noch jemand sehen konnte, was es war, hatte Tod Lowrie das Weite gesucht.

Das Schloß der Träume

Mag sein, wir sehen uns nie mehr wieder
in der Menschen Welt.
Um die Erinnerungen ist es schlecht bestellt,
doch unsere Träume stets erhellt
die Liebe, die uns einst verband,
als unser Unterpfand.

Seit du von mir gegangen,
leb ich in tiefem Bangen;
einsamer Schmerz, in mir entfacht.
Doch die Nacht
bringt dich zu des Schlosses Bau,
das im Traume ich erschau.

Finden kann ich dort dein Bild,
frohgestimmt und wundermild;
fortgescheucht ist trübes Sinnen,
Qual und Schmerzen gehn von hinnen.
Erquicken wird mich stets dein Bild,
bis der Tag den Traum mir stiehlt.

Fünftes Kapitel

Donnergrollen im Gebirge

Hinter dem Berg türmten sich schwere Wolken am Himmel auf. Der Bauer stützte die Arme auf den Zaun und sprach in ernstem Ton zu Mummel; die Ziegen scharten sich um die beiden und hörten aufmerksam zu.

»Geh heute nicht zu hoch hinauf, mein Sohn«, sagte Simon und deutete mit dem Kopf auf den Berg. »Es ist ein Sturm im Anzug. Bleib auf den unteren Hängen, und komm sofort zurück, wenn das Wetter umschlägt. Die Tiere fürchten den Donner, und wenn er näher kommt, laufen sie in allen Richtungen davon!«

»Nicht, wenn ich ihnen sage, daß sie bleiben sollen«, entgegnete der Junge.

Der Mann lachte, wenn auch nicht unfreundlich, und strich sich mit der Hand über seinen gekräuselten Bart.

»Ja, natürlich«, nickte er. »Du sprichst ja ihre Sprache. Das hast du uns erzählt.«

»Aber ihr habt es mir nicht geglaubt, nicht wahr, Vater Simon?«

»Nun ja, es war eine nette Geschichte. Und der hübsche Silberring, den du irgendwo gefunden hast. Es hat sich kein Besitzer gemeldet, also gehört er dir, und wenn du meinst, er besäße Zauberkräfte ...«

Er unterbrach sich, und Mummel versuchte gar nicht, ihn zu überzeugen. Er hatte den Zieheltern alles über den Ring erzählt und versucht, ihnen seine Kräfte zu demonstrieren, aber außer den jüngsten Kindern nahm ihn niemand ernst.

So lachte er den jungen Bauern nur an und zog mit seinen Ziegen los. Es war heiß und schwül, und als sie zu den ersten Hängen kamen, hörten sie schon von fern Donnerrollen. Die Ziegen wurden unruhig, warfen die Köpfe zurück und spähten verstört mit rollenden Augen umher. Der Bock, der Anführer der Herde, kam zu Mummel und lehnte sich an sein Bein.

»Was ist denn das für ein Lärm?« fragte er.

»Donner.«
»Ganz gleich, wie es heißt, ich mag es nicht und hab es nie gemocht.«
»Es ist nur ein Geräusch und kann dir nichts anhaben. Der Blitz«, sagte der Junge, »ja, der Blitz, der könnte gefährlich sein. Aber uns gewährt dieser Berg hier Schutz, und wenn es schlimmer werden sollte, gehen wir in die große Höhle, wo die Fledermäuse wohnen.«
William schnaubte. Er konnte Fledermäuse auch nicht ausstehen. Irgend jemand hatte ihm einmal erzählt, sie nisteten sich im Fell ein, und man würde sie nie wieder los.
»Unsinn! Warum sollten sie das tun?« fragte Mummel.
William dachte angestrengt nach, aber es fiel ihm einfach kein Grund ein, warum die Fledermäuse so etwas tun sollten, und so ging er zu seiner Herde zurück, um sie zu beruhigen.
Plötzlich jedoch brach der Sturm los. Er hatte ganz unerwartet seine Richtung geändert, und nun waren alle ein wenig überrascht. Sie bewegten sich auf den Eingang der Höhle zu, die nur wenige hundert Meter entfernt war.
Hinter dem Bergkamm spalteten die Blitze den Himmel, und der Donner folgte ihnen brüllend. Die Ziegen waren unruhig, versuchten aber nicht auszureißen.
»Man kann ja keinen klaren Gedanken fassen«, murrte William. »Das Zeug kommt immer näher.«
»Der Blitz schlägt nur in hochragende Dinge ein«, beruhigte ihn Mummel, »und der Berg ist um vieles höher als wir! Es könnte uns erwischen, wenn wir uns in der Ebene befänden oder so dumm wären, unter hohen Bäumen oder Felsen Schutz zu suchen. Hier geht's uns gut.«
»Aber dem Vogel da oben nicht«, bemerkte William.
Mummel rieb sich die Regentropfen aus den Augen und spähte in den dunklen, bewegten Himmel hinauf. Der Ziegenbock hatte recht. Über ihren Köpfen, halb verborgen im strömenden Regen, schoß ein Vogel wie verrückt hin und her. Er schien den Kopf verloren zu haben. Er schwang sich höher und höher hinauf, bis er nicht mehr zu sehen war; dann stürzte er bis auf wenige Meter

über dem Boden herunter; und jetzt kämpfte er sich abermals in schwindelnde Höhen hinauf.
Mummel formte die Hände zum Trichter und versuchte den Donner zu übertönen:
»Vogel! Vogel! Komm herunter! Komm zu mir herunter!«
Er konnte es kaum ertragen, das Tier zu beobachten, so verwirrt schien es zu sein. Mit seinen kräftigen Flügeln widerstand es dem Sturm, aber jeden Augenblick war zu erwarten, daß es dem Orkan unterliegen würde. Wieder stieß Mummel einen Ruf aus, und der Vogel sackte nach der Seite ab und fiel wie ein Stein zu Boden. Schon fürchtete der Junge, daß es um das Tier geschehen sein würde, aber es flog wieder auf, bis es ungefähr die Höhe von Mummels Kopf erreicht hatte. Jetzt erst entdeckte der Hirten-

knabe, daß es ein Falke war – und dann, mit Entsetzen, daß der Kopf des Vogels mit einer kleinen Lederhaube bedeckt war und daß er nicht sehen konnte. Der Falke ließ ein rauhes Kreischen ertönen, das der Wind mit sich forttrug.

»Hier! Komm hierher, Falke!« schrie Mummel.

Er richtete einen Arm auf den Falken und stieß einen langgezogenen Pfiff aus. Sich von diesem Klang leiten lassend, glitt der Vogel durch die Luft und landete hart auf Mummels Handgelenk. Die scharfen Krallen schlossen sich wie Beißzangen, und der Junge schrie auf.

»Verzeihung!« keuchte der Falke und schwankte, um sein Gleichgewicht wiederzuerlangen.

Mummel löste ihm die mit Glöckchen besetzte Haube. Mit einem knatternden Geräusch plusterte der Vogel seine Federn auf. Er legte den Kopf zur Seite und warf einen Blick himmelwärts.

»War ziemlich rauh da oben«, sagte er.

»Aber was hast du denn da oben gemacht?« wollte Mummel wissen. »Noch dazu mit einer Falknerhaube?«

»Der Prinz hat mich verloren.«

»Welcher Prinz? Und wieso?«

Sie näherten sich der großen Höhle. Die Ziegen drängten sich um Mummel und warfen sorgenvolle Blicke zurück auf das Wüten des Sturms. Der Falke putzte sein Gefieder, als ob der Regen nicht mehr herunterprasselte.

»Wir überquerten gerade den Paß, als der Sturm losbrach«, erwiderte er. »Beim ersten Donnerschlag bäumte sich das Pferd auf, warf uns ab und galoppierte nach Hause. Aber wir blieben unverletzt. Ich riß mich vom Handschuh des Prinzen los und flog davon. Ich hatte die Haube vergessen! Ich konnte den Himmel nicht sehen!«

Er kratzte sich am Kopf. Seine Fußriemen waren schwarz vom Regen, und die weichen Federn an der Wurzel seines scharfen Schnabels lagen flach an. Er kletterte auf Mummels Schulter und zwickte ihn sanft ins Ohr.

»Für gewöhnlich spreche ich nicht mit Fremden«, bemerkte er kokett.

Der Junge war stehengeblieben und runzelte die Stirn.
»Hast du den Prinzen auf dem Paß zurückgelassen?« fragte er. »Kennt er die Gegend hier?«
»Ich hörte ihn sagen, er wäre noch nie hiergewesen.«
Der Regen ließ ein wenig nach, obwohl der Sturm ständig an Stärke zunahm. Mummel streckte die Hand aus und legte sie William auf die Stirn. »Führ die Herde in die Höhle«, sagte er. »Jetzt hast du das Kommando, denk daran! Und keine Sperenzchen! Nimm auch den Falken mit.«
»Ich bin selbst königlichen Geblüts«, erklärte der Falke stolz. »Ich begleite dich auf der Suche nach meinem Prinzen.«
Auch die Ziegen wollten sich an der Suche beteiligen.
Nach langem Hin und Her, wobei alle bis auf die Haut naß wurden, erklärten sich die Ziegen schließlich bereit zu tun, wie ihnen geheißen worden war. Sie kletterten in die Höhle, und Mummel wartete, bis alle drin waren. Dann schlug er einen schmalen Pfad ein, der rund um den Berg herum nach oben führte. Mittlerweile donnerte es ohne Unterlaß, denn es waren mehrere Stürme aufeinandergetroffen und tobten um die Wette.
Dann verlor sich der Pfad. Mummel keuchte vor Erschöpfung. Dies war kein Tag für Kletterpartien. Der Regen blendete ihn, der Wind machte ihm arg zu schaffen, und der Lärm des Unwetters betäubte ihn. Nur der Feuerzauber hielt. Ihm war überhaupt nicht kalt.
Das Gestein war so naß und glitschig, daß es ihm schwerfiel, irgendeinen Halt zu finden, und mehr als einmal meinte er aufgeben und den Rückmarsch antreten zu müssen. Doch er kämpfte sich weiter voran, bis er vor einer senkrecht abfallenden Wand stand, die weder für die Füße noch für die Hände einen Halt bot. Ein Stück oberhalb gab es ein Gesims, aber er sah keine Möglichkeit, es zu erreichen. Er hatte eine Zehe auf einem vorspringenden Stein und zwei Finger in einer haarfeinen Spalte.
»Hier stecke ich fest!« sagte er laut.
Ein Gekreisch kam von oben, und etwas wurde in den Regenwolken sichtbar, die den Jungen einhüllten.
»Iiiii!« schrie der Falke und grub die Krallen in Mummels Schul-

ter. Über ihnen kreiste ein Adler und spähte durch den Regen auf sie herab.
»Stürz ab!« kreischte er. »Stirb!«
»Sei nicht so gemein!« fluchte Mummel.
Der Adler trudelte ab, fing sich aber rasch wieder und kam näher. Es schien unberührt vom Wetter, aber überrascht von Mummels Zuruf.
»Du hast gesprochen!« krächzte er. »Aber du gehörst nicht zu meiner Familie, denn du hast ja keine Flügel!«
Er war jetzt so nahe, daß der Junge deutlich seinen krummen Schnabel und seine messerscharfen Krallen sehen konnte. Der Falke verkroch sich in Mummels Schaffelljacke und versuchte so zu tun, als ob es ihn nicht gäbe.
»Wenn ich Flügel hätte«, japste Mummel, »würde ich mich dann so festklammern, ich meine, würde ich abstürzen?«
Seine Finger glitten aus dem dünnen Spalt, an dem er sich festgehalten hatte, und er stürzte ab. Aber etwas packte ihn zwischen den Schultern, und über ihm peitschte ein gewaltiges Flügelpaar die Luft. Natürlich konnte der Adler das Gewicht des Jungen nur wenige Augenblicke lang tragen, aber die Zeit reichte Mummel, um mit Händen und Füßen die Wand emporzuklimmen und atemlos auf dem Gesims oben zu landen. Mit einem Plumps landete der Adler neben ihm. Der Junge stammelte seinen Dank.
»Ist schon recht«, sagte der große Vogel. »Du hast zwar keine Flügel, aber du sprichst meine Sprache.«
Plötzlich richtete er sich empor. »Was ist denn das für ein kümmerliches Etwas?« erkundigte er sich.
Er streckte den Kopf vor und beäugte den Falken. Unruhig bewegte sich Mummels Schützling, aber der Junge hielt ihn fest an seiner Schulter.
»Halt still«, befahl er, »wenn du dich rührst, frißt er dich!«
Dann sagte er streng zu dem zischenden Adler:
»Du machst meinem Freund Angst.«
»Na ja, wenn du meinst«, erwiderte der große Raubvogel.
Er lehnte sich zurück. Der Falke unter Mummels Hand schien erleichtert.

Dann erzählte der Junge dem Adler, was er hier oben vorhatte, und der Vogel schien bereit zu sein, ihm zu helfen. So beeindruckt war er von Mummels Fähigkeit, sich mit ihm unterhalten zu können, daß er sagte, die Menschen wären doch interessanter, als er immer gedacht hätte. Und weiter sagte er, daß er, sobald sich der Sturm gelegt hätte und die Sicht besser geworden wäre, über der Bergspitze kreisen und Nachricht bringen würde, ob der Prinz irgendwo da oben umherirrte.

»Das ist sehr freundlich von dir«, sagte Mummel. »Aber es könnte sein, daß er verletzt ist oder auch nur in Gefahr wegen des Unwetters. Ich muß versuchen, ihn zu finden.«

Der Adler murmelte etwas von sträflichem Leichtsinn, aber Mummel hatte nur taube Ohren für ihn. Er dankte dem Vogel noch einmal und folgte dem schmalen Sims, der steil nach oben führte. Bevor er einen Felsvorsprung umging, warf er einen letzten Blick auf den Adler. Der Vogel sah ihm nach und bewegte sich unruhig.

Nach einer weiteren Stunde angestrengten Kletterns saß Mummel mit gespreizten Beinen auf einem schmalen scharfen Grat. Wegen der grauen Schwaden sich auftürmender Gewitterwolken konnte er auf keiner Seite etwas sehen. Das Brüllen des Sturmes zerrte an seinen Nerven. Die grellen, zuckenden Blitze ließen ihn erkennen, daß der Grat nicht mehr als dreißig Zentimeter breit war und steil zu einigen Felsbrocken aufstieg. Irgendwo weit dahinter mußte der Paß liegen. Dann hüllte ihn eine Wolke ein, und im selben Augenblick war seine Sicht auf wenige Meter Grat beschränkt.

Mummel festigte seinen Halt in dem nassen und böigen Wind und wandte sich dann an den Falken, der noch immer auf seiner Schulter saß. Noch durch die Jacke spürte er die scharfen Krallen.

»Ob der Prinz wohl noch irgendwo auf dem Paß ist?«

»Er wird einen Unterschlupf gefunden haben«, antwortete der Falke. »Für gewöhnlich weiß er sich zu helfen.«

»Außer, er ist verletzt«, meinte der Junge.

Immer noch mit gespreizten Beinen auf dem Grat sitzend, sich mit Händen und Knien festhaltend, rutschte er langsam vor. So nahe zuckten die Blitze vorbei, daß er immer wieder geblendet wurde.

Plötzlich brach etwas mit ungeheurer Geschwindigkeit krachend aus dem dunklen Himmel hervor und schlug mit solcher Wucht auf dem Berg auf, daß der Fels erbebte.
»Das war ein Blitzschlag«, sagte Mummel mit einem Zittern in der Stimme, und der Falke kreischte aufgeregt.
Nach einer kleinen Weile hatte der Junge wieder genügend Mut geschöpft, um seinen gefährlichen Weg fortzusetzen.
Als er sich dem Ende des Grats näherte, sah er etwas, was ihn vor Schrecken aufstöhnen ließ. Zwischen dem Grat und dem nächsten Felsblock gähnte ein Spalt – einen Meter breit und über einem Abgrund von unvorstellbarer Tiefe.
Würgende Angst befiel den Jungen. Nur zu gern wäre er umgekehrt... Der Donner rollte über ihn hinweg, und eine von Blitzstrahlen grell erleuchtete Regenwand prasselte auf ihn nieder. Mummel stand auf und balancierte, nur mühsam das Gleichgewicht haltend, über die schmale Felsleiste. Der Falke flog von seiner Schulter auf und kreiste ziellos über seinem Kopf. Mummel tat einen Schritt vorwärts – noch einen – und noch einen, setzte einen Fuß vorsichtig vor den anderen, erreichte den Spalt, schätzte die Entfernung ab und sprang.
Der Falke kreischte gellend, denn der Fuß des Jungen glitt aus, als er aufschlug, und er fiel zur Seite.
Und dann tauchte jemand hinter dem nahen Felsen auf, packte den Jungen und zerrte ihn auf sicheren Boden hinauf. Mummel sank zusammen, und ein großgewachsener junger Mann blickte mißbilligend durch den Regen auf ihn herab.
»Was sind denn das für Spielchen?« fragte er.
»Ich... ich suche... oh! Seid Ihr der Prinz?«
Der junge Mann starrte ihn an. Er war ein schlanker Jüngling mit lockigem dunklem Haar und Bart. Er hatte blaue Augen, und sein Gewand war aus grünem Leder gefertigt, mit goldenen Troddeln an den Schnürbändern. Er trug weiche hohe Stiefel. Die feinen Fältchen um Augen und Mund mochten bedeuten, daß er älter war, als er zu sein schien, oder daß er viel lachte.
»Ich bin Prinz Jeffrey«, erwiderte er, »der Bruder des Königs.«
In diesem Moment landete der Falke auf seiner Schulter, was den

Prinzen höchlichst überraschte. Der Vogel knabberte zärtlich an seinem Ohr.

»Und wo bist du gewesen, du dummer Kerl?« fragte der Prinz den Vogel.

»Er ist davongeflogen, als Ihr vom Pferd fielt«, sagte Mummel. »Und er hat mir gesagt, daß ich Euch hier finden würde.«

Der Prinz sah ihn verdutzt an. Dann half er ihm auf die Beine und schob ihn zu einer Öffnung zwischen zwei Felsen. »Wir wollen nicht im Regen stehenbleiben«, meinte er.

Zwei Felsplatten lehnten aneinander, und hier waren sie vor der Gewalt des Regens geschützt. Mummel ließ sich zu Boden fallen, und der Prinz lehnte sich gegen eine der Platten und strich sich den Bart.

»Vertreibst du dir für gewöhnlich die Zeit damit, in Stürmen auf Bergen herumzuklettern?« fragte er.

»Ich bin nur Euretwegen heraufgekommen«, antwortete Mummel. »Ich fürchtete, Ihr könntet Euch verletzt haben oder in Gefahr sein, vom Blitz getroffen zu werden, denn der Falke sagte mir, daß Ihr in dieser Gegend fremd seid. Und jetzt – jetzt ist alles noch schlimmer, denn ich fürchte, ich komme nie wieder runter!«

Prinz Jeffreys Blick wanderte von Mummels Gesicht zu seinem Knöchel, den der Junge mit beiden Händen umfaßt hielt, und ließ sich neben ihm auf die Knie fallen.

Nach einigen Sekunden erhellte sich sein Gesicht. »Du hast dir den Knöchel verstaucht«, sagte er, »aber nicht gebrochen. Das muß sehr schmerzhaft sein, und ich werde ihn dir verbinden, so gut ich kann.«

Er nahm ein feines Seidentuch vom Hals, tauchte es in eine Regenpfütze und wickelte es fest um den Knöchel des Jungen. Der Verband milderte sogleich den Schmerz, und das sagte Mummel auch.

»Gut«, meinte der Prinz, »und darf ich den Namen meines Retters erfahren?«

»Ich heiße Mummel. Ich wohne unten im Dorf auf der anderen Seite und kümmere mich um die Ziegen. Aber was das Retten angeht ...«

»Woher wußtest du, daß ich da bin?«
»Ich sagte es Euch schon, Herr. Euer Falke . . .«
»Ja, ich weiß. Aber ich hätte gern gewußt, wie es wirklich war.«
Mummel versuchte es zu erklären. Der dunkelhaarige junge Mann hörte schweigend zu. Als Mummel mit seinem Bericht zu Ende war, lachte der Prinz und schüttelte den Kopf.
»Ich nehme an, jemand aus deinem Dorf hat mich gesehen, als ich zum Paß hinaufritt«, meinte er.
»Ich habe Euch die Wahrheit gesagt«, protestierte Mummel.
»Und deine Erzählung ist zweifellos interessant. Du solltest Geschichten schreiben«, lächelte der Prinz. »Aber lassen wir das jetzt, und wenden wir uns einem dringenderen Problem zu. Wenn wir über den Paß absteigen, wirst du viele Kilometer von deinem Dorf entfernt sein. Aber mit deinem Knöchel können wir nichts riskieren . . .«
Mit Mitgefühl in seinen hellen Augen musterte er Mummel. Mitgefühl für einen tapferen Jungen, der nicht recht bei Trost war.
Dann kam von draußen das Geräusch trappelnder Schritte. Die Hand des Prinzen flog an den Dolch, den er an seinem Gürtel trug, aber Mummel wußte, wer es war. Zwei gelbe Augen starrten herein, und säbelförmig gebogene Hörner schimmerten im Licht eines grellen Blitzes.
»Also *da* bist du«, meckerte William.
»Das ist der Anführer meiner Ziegenherde«, erklärte Mummel dem Prinzen.
Es schien Jeffrey ein wenig zu verunsichern, als das große Tier näher kam und laut meckerte.
»Der Sturm ist schon fast vorbei«, erklärte der Bock. »Der letzte Donnerschlag war auch schon das Ende. Das Unwetter zieht ins Tal hinüber. Du kannst jetzt ganz leicht wieder runterkommen.«
»Ich habe dir doch gesagt, du solltest in der Höhle bleiben!«
»Die Fledermäuse hatten was gegen uns.«
»Wo sind die anderen?«
Der Bock sah ihn ausdruckslos an und begegnete ungerührt Mummels vorwurfsvollem Blick, so daß der Junge lächeln mußte.
»Und so leicht komme ich auch nicht runter«, sagte er. »Ich habe

mir den Knöchel verstaucht, und wie soll ich alle diese Felsspalten schaffen?«

»Zerbrich dir darüber nicht den Kopf«, erwiderte William. »Gleich hier drüben führt ein Pfad hinunter.«

Mummel gab diese Information an den Prinzen weiter.

»Das meint die Ziege? Hm«, machte der Prinz. »Wollen mal sehen, ob sie recht hat.«

Er half Mummel auf die Beine, und sie traten in den feinen Nieselregen hinaus. Der Himmel wurde zusehends heller, und die Luft roch wie frisch gewaschen. Der Ziegenbock sprang auf eine Felsplatte. »Hier geht's lang«, meckerte er und entschwand ihren Blikken.

Prinz Jeffrey und Mummel folgten mit einiger Mühe. Hinter dem Felsblock begann ein schmaler Sims, der mit vielen Windungen und über rutschige Geröllhalden den Berg hinunterführte. Für Menschen war der Weg nicht leicht zu bewältigen, aber irgendwie schafften die beiden es. Die meiste Zeit mußte Jeffrey Mummel halb tragen, und beide fühlten sich erleichtert, als der Weg sich endlich zu einem richtigen Ziegenpfad verbreiterte.

William trottete voran und führte sie über fast unsichtbare Wege, die sie allein nie gefunden hätten. Der Falke flog auf und nieder und versorgte sie ständig mit neuen Informationen. »Ein paar hundert Meter...« rief er schließlich, »... und ihr habt die Vorberge erreicht!«

Von da senkten sich auch schon die feuchten Wiesen talwärts, und plötzlich brach ein wäßriger Sonnenstrahl durch die Wolken. Eine Herde angstvoll meckernder Ziegen erwartete sie. Eine Weile stand Prinz Jeffrey geduldig daneben und lauschte dem aufgeregten Gemecker. Dann unterbrach er.

»Ich bin sicher, daß das ein interessantes Gespräch ist, Mummel. Aber du bist naß und erschöpft. Komm und zeig mir den Weg zu deinem Haus.«

Immer noch von meckernden Ziegen umdrängt, setzten sie den Weg ins Tal fort. Und am Tor wartete schon Meg mit bleichem Gesicht und offenen Armen.

»Mummel! Ich habe mir solche Sorgen gemacht!« rief sie, und

Tränen stürzten ihr aus den Augen. »Ich habe schon Simon nach dir ausgeschickt. Oh, Mummel, ich hatte solche Angst!«
Sie drückte den Jungen an sich und sah den Prinzen mit einem nervösen Lächeln an.
»Ich danke Euch, Herr, daß Ihr ihn mir gesund zurückgebracht habt. Er steckt immer mit der Nase in den Wolken.«
»Er hat *mich* zurückgebracht«, erwiderte Jeffrey. »Sein Freund hier hat ihm den Weg gezeigt, und ...«
»Oh, Herr, hat er Euch auch erzählt, daß er ihre Sprache spricht? Mummel! Du sollst nicht jedem Menschen, dem du begegnest, deine Märchen auftischen!«
»Euer Sohn hat die Gabe der Träume«, sagte der Prinz freundlich.
»Eigentlich ist er gar nicht mein ...« Meg unterbrach sich, sah Mummel liebevoll an und fuhr fort: »Doch, das ist er – in gewisser Weise.«
»Seid stolz auf ihn«, sagte der Prinz. »Was er auch sonst sein mag, er ist ein tapferer Junge.«
In diesem Augenblick kam Simon über den schlammigen Hof daher. Er warf Mummel einen eher strengen Blick zu und verneigte sich leicht vor dem Prinzen, dessen Rang er erkannte. Nach einigen Erklärungen stimmte er zu, Jeffrey eines seiner Zugpferde zu leihen.
»Ich habe keinen eleganten Sattel und Saumzeug«, sagte Simon, »aber was ich habe, steht zu Eurer Verfügung. Und bitte gebt gut auf das Pferd acht.«
Der Prinz errötete ein wenig und erwiderte in ernstem Ton:
»Ich bin für gewöhnlich kein so sorgloser Reiter, wie ich es heute war.«
Er reichte Simon eine quastenverzierte Börse, in der es vielversprechend klimperte, und ritt davon, den Falken auf seinem Handgelenk.
Meg löste den Notverband, füllte einen Zuber mit Wasser und steckte Mummels Fuß in das wohltuend kühle Naß.
»Eigentlich müßte ich dir böse sein, Junge«, sagte Simon. »Ich habe dir gesagt, du sollst heute nicht hoch hinaufgehen. Aber wie

die Dinge liegen ...« Er unterbrach sich kurz und fragte: »Woher wußtest du eigentlich wirklich, daß der Prinz da oben war?«
»Der Falke hat es mir ...«
»Also jetzt hör mal, Mummel ...«
Meg legte sich ins Mittel. »Laß ihn doch seine Geschichten erzählen, Simon«, bat sie. »Sei ruhig. Du bist doch genauso froh wie ich, daß wir ihn gesund wiederhaben, nicht wahr?«
Sie betrachtete das seidene Halstuch, das auf dem Tisch lag. Es war zerknittert und schmutzig, weil es als Verband gedient hatte, aber fein wie Altweibersommer, und es machte Freude, es zu berühren. Sie ließ das weiche Material durch die Finger gleiten.
»Ich frage mich«, sagte sie wie zu sich selbst. »Oh, ich weiß wirklich nicht. Aber alles kommt, wie es kommen muß. Ich werde nicht den Mund auftun.«
Durch die offene Tür drang ein zustimmendes Meckern.
»Jetzt hör dir doch diese verflixten Ziegen an!« sagte Simon. »Man würde meinen, sie verstünden jedes Wort, das wir sprechen!«

Hoch im Fels

Die Berge liegen in geheimnisvoller Rast,
die ihnen von der Zeit ward auferlegt;
sie grob erwecken will mit übler Hast
die Menschheit; und gar heftig fegt
der Sturm der Kletterer hinauf, trotzend den Winden,
um dennoch ihre Unbesiegbarkeit zu finden.
Die Menschen lassen Fahnen gen Himmel wehen,
Trophäen des Triumphs; doch dann,
wenn sie die Niederlag' erspähen,
erweist sich ihre Kletterei als leerer Wahn.
Denn Sieger bleibt der Berg auf immerdar
und läßt den Menschen achtlos stehen.

Sechstes Kapitel

Der Tunichtgut

Den Ziegen fehlte das Weideland auf den Almen, aber sie versprachen, sich mit den Wiesen im Tal zufriedenzugeben, bis Mummels Knöchel sich gebessert hätte. Sie erklärten auch, daß sie keinen Anlaß zu Klagen geben würden, und hielten ihr Versprechen so brav, daß ihr gesittetes Betragen Simon echte Sorgen bereitete.

»Es ist einfach nicht normal«, sagte er zu seiner Frau.

Mummel beglückwünschte die Herde zu dem guten Ruf, den sie jetzt genoß, was die Ziegen mit fröhlichem Meckern quittierten. Mummel beobachtete das mit einigem Unbehagen und hoffte, daß sein Knöchel bald geheilt sein würde. Die Achtbarkeit, die die Herde jetzt genoß, könnte, so fürchtete er, einer längeren Belastung nicht standhalten. So humpelte er mit seinen Schützlingen zur nächstgelegenen Weide.

Am Abend wanderten sie gemächlich wieder heim.

Sie kamen an abgelegenen Gehöften, an Hafer-, Kohl- und Gerstenfeldern vorbei, und dann an strohgedeckten Hütten, in deren Nähe es nach Rosen und Lilien duftete. In den Obstgärten reiften die Früchte. Hier teilte sich der Weg und führte in weitem Bogen rund um den Dorfanger, der ebenfalls von Hütten und Häuschen gesäumt war. Die Ziegen trotteten über den kurzgeschnittenen Rasen. Sie wollten den Bogen der Straße abschneiden, um direkt auf die andere Seite zu gelangen, von wo ein Karrenweg zu ihrem Pferch führte.

Mummel war schläfrig nach diesem langen Tag in der Sonne. Auf einen Haselstock gestützt, humpelte er hinter den Tieren her und merkte zunächst gar nicht, daß die Herde angehalten hatte. Die Ziegen drängten sich aneinander, sie hatten die Köpfe in eine Richtung gedreht, und der Junge bemühte sich zu erkennen, was ihre Aufmerksamkeit erregt hatte.

Auf dem Anger, vor dem Gasthof, waren viele Leute zusammengelaufen, und erst jetzt hörte Mummel ihre zornigen Stimmen.

»Ich hoffe, es ist nichts passiert«, murmelte der Junge.
»Sieh doch nach«, sagte William und gab ihm einen leichten Schubs.
»Nein, nein! Die wollen nicht, daß wir uns da einmischen!«
Doch die Herde hatte sich vorgedrängt und trabte jetzt rasch auf den Ort des Geschehens zu. Sie marschierte in die Menge hinein, worauf allgemeine Verwirrung entstand. Wo man hinsah, waren Ziegen. Mummel humpelte hinter ihnen her und brüllte, bis er heiser war, aber, wie es schien, vergeblich. Die Leute schrien, aber die Ziegen beachteten sie nicht. Ratlos stand Mummel da und wußte nicht, was er machen sollte, als er bemerkte, daß er direkt neben dem Fußblock und dem Schandpfahl stand.
Diese Einrichtungen waren nötig, um Wilddiebe, Strolche, Krakeeler und Landstreicher abzuschrecken. Oder auch jeden anderen, der die öffentliche Ruhe störte oder dumm genug war, die Dorfbewohner gegen sich aufzubringen. Da dies jedoch eine ziemlich friedliche und gesetzestreue Gemeinde war, wurden diese Strafen nur selten vollzogen. Mummel war daher sehr überrascht, als er einen Menschen, die Füße in Eisen geschlossen, auf der schmalen Holzbank sitzen sah. Die Ziegen drängten sich heran, bis sie einen engen Ring um den Gefangenen und den Jungen geschlossen und die Dorfbewohner weiter fortgestoßen hatten. Und nun starrte Mummel mit offenem Mund und weit aufgerissenen Augen den Mann im Fußblock an. Sah die zerlumpten Kleider und das verfilzte Haar – und den zornigen Mund und die eiskalt leuchtenden Augen.
»Oh – du bist es!«
»Wen hast du denn erwartet?« entgegnete Gareth.
Dann deutete der Sohn des Zauberers mit der Hand auf die Ziegen und die Leute, die ihn umringten.
»Gehörst du auch zu diesem Pöbelhaufen?« fragte er.
»Wer ist denn hier ein Pöbelhaufen?« meckerte eine Ziege empört.
Ein Mann drängte sich durch den Ring, und sein ehrfurchtgebietendes Auftreten veranlaßte sogar die Ziegen, ihm Platz zu machen. Tilman, der Gastwirt, war großgewachsen, hatte graues

Haar, graue Augen und ein ruhiges Gesicht. Er wurde im Dorf sehr geachtet. Jetzt stand er vor Gareth. Hochmütig erwiderte der Sohn des Zauberers seinen Blick, drehte aber nach wenigen Augenblicken den Kopf zur Seite.

»Laßt mich in Frieden!« stieß er hervor.

»Mummel«, wandte sich der Gastwirt an den Jungen, »wenn du diesen Burschen kennst, sag uns, wer er ist. Er weigert sich, seinen Namen anzugeben oder uns zu verraten, woher er kommt.«

»Kümmert euch um euren eigenen Kohl!« fuhr Gareth ihn an. »Es hat gar keinen Zweck, den Jungen auszuquetschen. Er hat mich noch nie in seinem Leben gesehen.«

»Aber . . .« setzte Mummel an und verstummte.

Er wollte Tilman nicht belügen, aber wenn Gareth unerkannt bleiben wollte, hatte er vielleicht guten Grund. Mummel versuchte Zeit zu gewinnen.

»Es könnte sein, daß ich mich an ihn erinnere, wenn ihr mir sagt, warum er im Fußblock sitzt«, sagte er.

»Warum sollte es deinem Gedächtnis zuträglich sein, wenn wir dir seine Untaten aufzählen?« entgegnete Tilman trocken. »Dennoch will ich dir einige nennen. Er kam heute nachmittag ins Dorf und stahl einen Korb Eier. Dann zündete er neben Fenners Heuschober ein Feuer an – vermutlich um sie zu kochen! Das halbe Heu verbrannte, bevor man es löschen konnte.«

»Ich hätte ihn hineingeworfen«, versetzte ein grimmiger Bauer, »wenn ich ihn in die Finger bekommen hätte! Hat mich ein schönes Stück Geld gekostet, der Kerl!«

Mummel war entsetzt. Er wußte, wie kostbar Heu war. Ohne Heu würden Vieh und Pferde im Winter hungern müssen.

»Vielleicht war es nicht seine Absicht, Feuer zu legen . . .« sagte er.

»Wir waren bereit, diese Möglichkeit in Erwägung zu ziehen«, hielt Tilman ihm entgegen. »Ein liederlicher Strolch ist das, dachten wir, kein Wahnsinniger. Als das Feuer auflohte, lief er davon und kam in meine Wirtsstube. Ich wußte nicht, was er angestellt hatte, und behandelte ihn höflich und zuvorkommend. Bis er anfing, mit meinen anderen Gästen Streit zu suchen. Er nannte sie Dummköpfe und Lümmel und noch Schlimmeres.«

»Alle Menschen sind Narren«, bemerkte Gareth.
Ein Murren wurde in der Menge laut, und Mummel war froh, daß die Ziegen keinen heranließen.
»Das mag schon sein«, sagte Tilman, »aber es ist weder klug noch höflich, es auszusprechen.«
»Er meint es bestimmt nicht so«, sagte Mummel.
»O doch«, beharrte Gareth.
»Hüte deine Zunge«, warnte der Wirt und wandte sich wieder Mummel zu. »Er sang böse Lieder über alle Anwesenden, und als einige Männer ihn hinauswerfen wollten, setzte er sich mit einem Dolch zur Wehr.«
»Sie wollten mich mit ihren schmutzigen Pfoten anfassen«, rechtfertigte sich Gareth wütend.
Es gelang den Dorfbewohnern, ein paar Schritte näher zu kommen. Wieder war ein wütendes Knurren zu hören.
»Um Himmels willen!« sagte Tilman beschwörend. »Hast du den Verstand verloren? Glaubst du, die Leute könnten nicht noch andere Saiten mit dir aufziehen?«
Der Wirt legte Mummel die Hand auf die Schulter. »Wenn du etwas weißt, was sein Betragen erklären könnte – sag es uns. Wenn nicht, muß er hierbleiben, bis er ein bißchen vernünftiger wird.«
»Ja«, flüsterte Mummel, »es gibt eine Entschuldigung für sein Betragen. Wenn man bedenkt, daß er ...«
Mit wilder Entschlossenheit fiel ihm Gareth ins Wort:
»Er kennt mich nicht! Wie oft soll ich euch das noch sagen?«
Mummel warf ihm einen verzweifelten Blick zu, aber der Sohn des Zauberers ließ sich nicht zum Schweigen bringen. Wütend funkelte er Tilman und den Jungen an:
»Wenn der Bauernlümmel etwas über mich erzählt, lügt er! Das ist doch ein Träumer, das sieht jeder.«
Die Dorfbewohner murmelten miteinander und schüttelten die Köpfe. Sie kannten Mummel seit langem oder glaubten ihn zu kennen.
»Er hat nichts als Unsinn im Kopf«, fügte Gareth geringschätzig hinzu. »Seid ihr so dumm, daß ihr ihm glaubt? Ich sage, daß ich ihn noch nie gesehen habe und daß er nichts von mir weiß!«

Die Dunkelheit brach über den Berghängen herein. Gareth warf den Kopf zurück, zog die Schultern hoch und ließ den Blick umherwandern. Arrogant und herausfordernd sah er die Dorfbewohner an. Mummel hatte das Gefühl, als sei er niedergeschlagen und müde.

»Nun?« Forschend musterte Tilman den Jungen.

»Was kann ich tun?« entgegnete Mummel ratlos.

»Leine ziehen«, fauchte der Sohn des Zauberers. »Und nimm deine schauerlichen Kreaturen mit.«

»Hört euch das an!« meckerten die Ziegen empört.

»Wir wollten dir nur helfen«, ließ William sich vernehmen. »Wir wollten verhindern, daß sie dir ein Leid antun.«

»Hat gar keinen Zweck, daß ihr noch länger da herumsteht und mich angafft!«

Gareths vorgetäuschte Selbstsicherheit bekam plötzlich einen argen Sprung. Er schlug beide Hände vors Gesicht. Und Tilman sagte zu Mummel:

»Führ deine Tiere nach Hause.«

Entmutigt warf Mummel einen traurigen Blick auf Gareth, der nun die Schultern gebeugt hatte. Der junge Mann richtete sich kurz auf und funkelte Mummel böse an. Die Ziegen lösten ihren Ring und bahnten sich einen Weg durch die Menge, wobei sie viel Unruhe stifteten und Anlaß zu unfreundlichen Bemerkungen gaben. Ein kleines Stück Weges entfernt sammelten sie sich wieder und warteten auf Mummel.

»Ich hoffe, ihr seid mir nicht böse«, sagte der Junge zu Tilman. »Geht nicht allzustreng mit ihm ins Gericht, bitte ... bitte ...«

»Gute Nacht, Mummel«, gab der Gastwirt zurück.

Mummel wanderte mit seiner Herde zu dem Karrenweg.

Als sie eine Wegbiegung erreicht hatten, blieben sie alle stehen und sahen einander an. »Was kann ich tun?« wiederholte Mummel.

»Nichts«, erwiderte William und rieb seine Hörner an einem Torpfosten. »Im Moment sind auch zu viele Leute da.«

»Wie böse und grausam sie doch waren!«

»Er wollte es nicht anders«, sagte William. »Der alte Tilman hat die Leute bemerkenswert gut im Zaum gehalten.«

»Sich so aufzuführen! Was kann Gareth sich nur dabei gedacht haben?«
»Kann er denn überhaupt denken?« fragte der Ziegenbock. »Wir, die wir ihn kennen, sind da nicht so sicher.«
»Wir haben oft gesehen«, berichtete eine andere Ziege, »wie er zwischen den Welten hin- und herschoß, als gehörten sie ihm.«
Mummel überlegte eine Weile, dann schüttelte er den Kopf.
»Das mag ja alles stimmen«, sagte er. »Aber ich kann ihn einfach nicht im Stich lassen. Ich gehe zurück, wenn es dunkel ist – und die anderen alle heimgegangen sind.«
»Du solltest dich wirklich nicht mit ihm abgeben«, versetzte William. »Er ist ein ausgemachter Tunichtgut.«
Es war schon sehr spät, als der Junge das Haus verlassen zu können glaubte, ohne Simon oder Meg zu wecken.
Die schmale Sichel des Mondes stand hoch über den Ulmen auf dem Dorfanger und spendete nur wenig Licht. Gerade genug, daß Mummel den Mann im Fußblock sehen konnte, der, die Arme um die Knie geschlungen, vornübergebeugt regungslos dasaß. Barfuß bewegte sich der Junge auf dem kurzgeschnittenen Gras lautlos vorwärts, aber Gareth hörte ihn, als er noch ein gutes Stück entfernt war, und hob sofort den Kopf.
»Ich bin's nur«, flüsterte Mummel. »Ich wollte nur mal sehen . . .«
»Na, dann sieh dich doch mal richtig satt!« fauchte Gareth.
»Aber ich wollte doch nur . . .«
»Schwirr ab! Laß mich doch um Himmels willen in Frieden! Oder hast du etwas mitgebracht, womit du nach mir werfen kannst?«
»Was du so daherredest«, wunderte sich Mummel. »Ich bin doch nicht dein Feind.«
»Von jetzt an sind alle Menschen meine Feinde!« stieß Gareth zwischen den Zähnen hervor. »Du kleiner Dummkopf, wenn du ihnen gesagt hättest, wer ich bin, würden sie dir nicht geglaubt haben. Aber schon der leiseste Verdacht auf Zauberei würde ihnen genügt haben, um mich zu hängen. Sie hassen mich ja so sehr!« Und er ließ den Kopf wieder hängen.
»Warum hast du sie denn auch so geärgert?«
»Worüber haben sie sich denn so aufgeregt? Ein paar Eier – eine

Handvoll Heu – ein Liedchen! Lappalien! Und dafür haben sie einen Prinzen des Nächtlichen Königreichs beleidigt und mißhandelt!«

Eine fremde Stimme unterbrach seinen Zornesausbruch.

»Jeder Prinz, ganz gleich, welchem Königreich er angehört, sollte sich zu benehmen wissen.«

Eine große Eule ließ sich auf dem obersten Querbalken des Schandpfahls nieder und legte ihre Flügel an.

»Du halte dich da raus!« versetzte Gareth wütend.

Die Eule ließ ein höhnisches Lachen hören.

»Prinz der Nachtwelt«, spottete sie. »Mal sehen, wie du da wieder hinkommst.«

»Aber sobald ich dort bin, rupf ich dir sämtliche Federn aus!«

»Sobald? *Wenn* du hinkommst! Und ob du das schaffst, ist noch die große Frage.«

Es gelang Mummel, ein Wort einzuwerfen.

»Angenommen... angenommen, ich gehe durch das Schlupfloch«, begann er zögernd, »und rede mit deinem Vater. Ich könnte ihm erzählen, was geschehen ist, und er könnte dir helfen zu fliehen...«

Gareth lachte bitter auf.

»Mir helfen? Er hat mich doch verbannt und mir alle Lücken verschlossen, so daß ich nie wieder zurück kann!«

Er fuhr sich mit der Hand über die Augen und fügte mit zitternder Stimme hinzu:

»Ich kann unter Menschen nicht leben! Ihre Art ist mir fremd, und ich verstehe sie nicht.«

»Du versuchst es ja gar nicht«, meinte die Eule.

Mummel ging zum Schandpfahl hinüber, und der Vogel spannte die Schwingen, um aufzuflattern; aber er faltete sie wieder, als der Junge beschwörend das Wort an ihn richtete:

»Liebe Eule, könntest du mir nicht ein Schlupfloch zeigen – nur um Zeit zu sparen?«

»Nun, da du mich so schön bittest«, erwiderte die Eule und rollte ihre runden Augen, »wenn du einen halben Schritt nach links tust und dann ein wenig nach hinten...«

Mummel tat, was der Vogel ihm riet; und die Erde erbebte.
Der Mond war nur eine silberne Sichel gewesen, hier aber leuchtete er so hell, daß es den Jungen blendete. Die Schatten waren schwarz wie Ruß, so daß alles – Bäume, Gras und Häuser – ein zweites Ich zu haben schien.
Riesig groß und mit schimmerndem Gefieder saß die Eule auf dem Schandpfahl, und ihre runden Augen wetteiferten mit dem strahlenden Mond, der Schließblock aber – war leer!
»Wo ist Gareth?« rief Mummel.
»Ihm sind die Schlupflöcher verschlossen. Er kann nicht durch. Er bleibt in der Menschenwelt gefangen, bis sein Vater wieder milder gestimmt ist.«
Mit schwerem Flügelschlag erhob sich die Eule in die Luft, und Mummel duckte sich, als sie über ihn hinwegflog. Von oben kam ein Kichern.
»Wir jagen doch keine Menschen«, hörte er sie sagen. »Ja, wenn du eine Maus wärst...«
Mummel sah sich um. Er erinnerte sich an die Farben und Gerüche, an den Zauber und das Mysterium der Nachtwelt und war froh, wieder da zu sein. Dann erinnerte er sich aber auch, warum er gekommen war, und seine Freude schwand. Er schluckte und seufzte und lenkte seine Schritte auf die Ulmen zu.
Er kam an einigen Stechginsterbüschen vorbei; ihre Blätter waren blau, und ihre Dornen leuchteten wie rotes Glas. Über seinem Kopf hörte er Flügelschlagen, und ein Schrei drang an sein Ohr. Ganz in der Nähe raschelte etwas im Unterholz, und eine nervöse dünne Stimme piepste:
»Geh nicht ins Gras, Babsie! Du weißt, was Tante Augusta passiert ist.«
»Ich habe Tante Augusta nie leiden können.«
»Darum geht es nicht, mein Kind.«
Wieder rauschten Flügel am Himmel, und die Mäusestimmen verstummten.
Als Mummel zu den hohen Bäumen kam, stolperte er über eine Wurzel und fiel flach aufs Gesicht. Ganz nahe an seinem Ohr sagte eine heisere Stimme:

»Immer sachte, mein Junge!«
Mummel setzte sich auf. Im schwarzen Schatten der Ulmen konnte er nichts sehen. Er streckte eine Hand aus und schrie auf, als er eine stachelige Kugel berührte, die sich bewegte. Die Kugel kicherte.
»Oh – ein Igel!« rief Mummel.
»Stimmt genau, Schätzchen. Ein Igel namens Urch.«
Er war viermal so groß wie jeder Igel, den der Junge jemals gesehen hatte. Ein goldener Schein wie Feuer ging von ihm aus, und seine langen Stacheln erinnern an Speere. Aber seine schimmernden runden Augen leuchteten freundlich, und auf seinem nach oben gerichteten Gesicht lag ein Lächeln.
»Wer immer du auch sein magst, sei mir gegrüßt!«
»Meine Name ist Mummel.«
»Das tut keinem weh«, versetzte der Igel freundlich.
Dann erzählte Mummel ihm von Gareth, und die ganze Zeit über kicherte Urch in sich hinein.
»Ich hab's ihm gesagt«, brummte er. »Hab ihn immer wieder gewarnt. ›Schätzchen‹, sagte ich, ›leg dich nicht ständig mit deinem alten Herrn an. Gib's auf, bevor du echt in Schwierigkeiten kommst!‹ Und jetzt haben wir den Salat. Wohlgemerkt, es wird ihm nicht schaden, wenn er einmal eins auf den Deckel bekommt. Könnte ihm sogar guttun. Aber daß Seine Hochwohlgeboren so hart mit ihm verfährt, das ist nicht gut – für alle beide. Was hattest du denn vor?«
»Ich habe durchaus kein Verlangen, den Herrn der Finsternis wiederzusehen«, antwortete Mummel nervös, »aber wenn er der einzige ist, der Gareth helfen kann – tja, dann muß ich ihn wohl aufsuchen.«
Nachdenklich sog der Igel an seinen Zähnen.
»Es ist nicht immer ganz leicht, ihn zu finden«, meinte er. »Er kann überall sein und nirgendwo. Vielleicht sollte Gareth selbst mit seinen Problemen fertig werden.«
»Ich fürchte, das ist seine Stärke nicht«, sagte Mummel.
Der Igel warf ihm einen langen Blick zu, schnupperte zweifelnd und schob sich in den vollen Glanz des Mondlichts hinaus. Jeder

einzelne seiner Stacheln schimmerte, und der kurze Pelz auf seinem Gesicht leuchtete wie goldener Samt. Eine Eule stürzte sich auf ihn herab, warf sich dann seitwärts wieder in die Luft, drehte ab und kreischte ungehalten:

»Alter Stachelhäuter!«

»Lästige Wanze!« gab der Igel zurück.

»Wie groß und wild sie sind«, bemerkte Mummel. »Die Eulen, meine ich.«

»Nicht für mich«, belehrte ihn der Igel. »*Ich* bin groß und wild in *ihren* Augen. In dieser Nachtwelt ist jeder so, wie er sich selbst sieht. Tapfer, wenn du dich dafür hältst – schön, wenn du dich dafür hältst – weise – ein großer Herr – oder ein feiger kleiner Wicht, wenn du dich dafür hältst. Diese Eulen sehen sich als die großen Jäger der Nacht, also sollen sie es auch sein. Wenn du eine Maus wärst, würden sie dir gleich doppelt so groß erscheinen. Wie groß und gewaltig ein Ding auch scheinen mag, es ist nur halb so wild, wenn du es nicht fürchtest.«

Gemeinsam überquerten sie den Anger, bis sie zu einem Feld kamen, wo das frischgeschnittene Heu zum Trocknen lag. Ein würziger Duft hing in der Luft. Dann kamen sie in einen dunklen Wald, und es war, als hätten sie eine andere Welt betreten.

Das Mondlicht fiel in Streifen und Sprenkeln durch die Bäume, die aus köstlichen Edelsteinen geschnitzt zu sein schienen. Bäume aus Türkis. Bäume aus Amethyst. Bäume aus Smaragd. Haufen von Blätterpilzen, die wie Blumen anmuteten, und Blumen wie Schmetterlinge. In der Ferne erklang leise Musik.

Neben einem umgestürzten Baum am Rand einer Lichtung blieb der Igel stehen.

»Warte, Mummel, mein Schätzchen«, sagte er. »Vielleicht haben wir Glück. Wie es eben kommt. Bleib still und trample nicht herum.«

Die Musik kam näher; es war eine traurige Musik, aber so sanft und süß, daß Mummel wie gebannt lauschte. Seine Ängste verflogen, und auch alle dunklen Ahnungen. Er empfand nur so etwas wie Traurigkeit, und in seinen Augen brannten Tränen. Die Melodie sang und seufzte im Nächtlichen Königreich, bis sie plötzlich

jäh und mit einem harten Mißklang abbrach, der Mummel aus seiner Verzauberung riß.
Er blinkerte, riß die Augen weit auf und sah einen Jungen mitten auf der Lichtung stehen.
Der Knabe schien gleich alt wie Mummel zu sein, und auch er hatte blondes Haar, das jedoch in schweren Strähnen zu beiden Seiten des Gesichts herabfiel. Er war hübsch und sanft und hatte offenbar entsetzliche Angst. All das war klar im Mondlicht zu sehen, so wie auch sein feines grünes Gewand, die goldene Kette um seinen Hals und die kleine goldene Laute zu seinen Füßen.
»Du hast sie doch nicht gebrochen?« rief Mummel erschrocken.
Er lief auf die Laute zu, hob sie auf und untersuchte sie. Dann lächelte er dem anderen Jungen zu.
»Es ist ihr nichts passiert«, sagte er. »Sie ist auf Moos gefallen.«
Er hielt ihm das Instrument hin. »Tut mir leid, daß ich dich erschreckt habe.«

»Ja . . . ja . . . das hast du«, entgegnete der andere zögernd. »Wer – und was – bist du?«
»Meine Name ist Mummel, und ich bin ein Mensch.«
»Das bin ich auch«, sagte der Junge. »Ich heiße Jeffrey.«
Dann wirbelte er mit einem Schreckensschrei herum. Aber es war nur Urch, der friedlich auf ihn zuwackelte.
»Hallo, Schätzchen«, sagte der Igel. »Du wirst doch vor mir keine Angst haben?«
»Ich war nicht sicher, daß du es bist.«
»In all den Jahren! So viele Jahre lebst du nun schon in der Nachtwelt und fürchtest dich vor deinem eigenen Schatten! Wirst du dich denn nie hier eingewöhnen!«
»Niemals«, antwortete Jeffrey. »Ich werde hier ein Fremder sein, solange ich lebe.«
»Das kann aber noch eine Weile dauern. Wo du doch etwas mit Magie zu tun hast.«
Der Junge wandte sich ab und verschloß seine Augen vor der Zukunft. Mummel legte die Hand auf seinen Arm.
»Wenn du ein Mensch bist«, fragte er, »wieso kannst du nicht in deine Welt zurückkehren?«
»Ich bin ein Gefangener«, antwortete Jeffrey im Flüsterton. »Man hat mich geraubt und wegen meiner Musik hierbehalten. Wie soll ich fliehen?«
»Wer hält dich hier fest?«
Jeffrey sah sich ängstlich um.
»Ich wage es nicht, seinen Namen auszusprechen.«
»Du wirst mehr tun, als nur seinen Namen auszusprechen«, sagte der Igel. »Du wirst ihn herrufen. Mit deiner Laute kannst du das ja. Unser Freund Mummel hat ein Wörtchen mit ihm zu reden.«
Überrascht richtete Jeffrey seine grauen Augen auf Mummel.
»Du willst wirklich mit ihm sprechen?«
»Gewissermaßen.«
»Was bist du doch für ein sonderbarer Kauz«, seufzte der Junge. »Ich fürchte den Klang seiner Stimme – seinen Schatten – seine Schritte! Manchmal habe ich solche Angst, daß ich nicht für ihn spielen kann, und dann wird er noch zorniger und grausamer. Er

ermuntert seine Kreaturen, mich zu verspotten und zu quälen. Nein, nein, nicht körperlich«, fügte er rasch hinzu, als er die Empörung auf Mummels Gesicht sah. »Meine Halskette schützt mich vor jedem körperlichen Angriff. Und es gibt ja selbst in dieser Welt freundliche Wesen – wie Urch, zum Beispiel, und manchmal ist auch Gareth nett zu mir . . .«

»Das freut mich zu hören«, fiel Mummel ihm ins Wort. »Seinetwegen bin ich nämlich hier.«

Und er erzählte Jeffrey, was mit Gareth geschehen war. Der Junge seufzte bekümmert, als Mummel endete.

»Du willst dich bei seinem Vater für ihn verwenden«, nickte er. »Also gut. Um der Gefälligkeit willen, die er mir hin und wieder nebenbei erwiesen hat, will ich tun, was du von mir verlangst – für Gareth. Laß mir nur ein wenig Zeit, um Mut zu fassen.«

Stille herrschte auf der Lichtung. Dann seufzte Jeffrey abermals. Mit der rechten Hand berührte er die goldene Kette, die er um den Hals trug, und sogleich begann sie sanft zu glühen. Ihr mildes Licht schimmerte auf den Baumstämmen rund um die Lichtung und erhellte Urchs Augen und seine Stacheln, den nervösen Ausdruck auf Mummels Gesicht und die Angst in den Zügen des Gefangenen. Jeffrey ließ seine Hand über die Saiten gleiten und begann zu spielen.

Doch es war eine seltsame, klagende Melodie, ganz anders als die frühere, geisterhaft und mißtönend. Sie wurde lauter und schneller und endete mit einer Folge wilder Akkorde, die wie Entsetzensschreie klangen. Dann wurde es wieder still.

Riesengroß und drohend, mit verschränkten Armen und Eulenaugen stand der Herr der Finsternis auf der Lichtung. Jeffrey fiel auf die Knie und senkte den Kopf. Mummel starrte ihn nur an.

»Oh!« rief er schließlich, »du bist also gekommen!«

»Ich bin schon die ganze Zeit da«, antwortete der Zauberer.

»Und hast gelauscht?«

»Selbstverständlich.«

Er wandte sich an Jeffrey und sagte zornig:

»Wage es nicht noch einmal, mich wegen einer solchen Bagatelle herbeizurufen! Und jetzt mach dich fort, du elender Schlapp-

schwanz! Ich weiß gar nicht, warum ich dich noch um mich dulde.«
»Dann laß ihn doch gehen«, sagte Mummel. »Wenn *du* ihn hier nicht haben willst – *er* will ganz sicher nicht bleiben.«
Alle hielten den Atem an. Der Magier funkelte ihn an, bis seine Augen tatsächlich wie helle Opale zu glitzern begannen.
»Wie kannst du es wagen«, versetzte er böse, »mein Verhalten gegenüber meinen Dienern und meinem Sohn zu kritisieren! Noch dazu in meiner eigenen Welt! Bist du wahnsinnig?«
»Kann schon sein«, gab Mummel ein wenig mutlos zurück. »Aber sie sind beide so verzagt, und dir scheint das nichts auszumachen. Macht dich das glücklich, so grausam zu sein?«
Der Magier legte ihm die Hand auf die Schulter, mit solcher Kraft, daß der Junge zusammenzuckte. Jeffrey stieß einen Schreckensschrei aus, und Urch mit seiner tiefen, rauhen Stimme sagte:
»Immer mit der Ruhe, meine Lieben!«
»Hüte deine Zunge!« brüllte der Magier.
»Jawohl, mein Herr und Gebieter«, erwiderte Urch.
Der Magier beugte sich vor, um in Mummels Augen zu starren, und vor der Wut im Gesicht des Zauberers knickten dem Jungen ein wenig die Knie ein.
»Ich will meinen Sohn nie wieder sehen«, zischte der Herr der Finsternis. »Er soll in der fremden Welt des Tageslichts bleiben, bis er dort stirbt!«
»Nein ... bitte ...« flehte Mummel. »Du weißt ja nicht, was ihm zugestoßen ist. Er sitzt im Schließblock – wie kannst du nur so lachen? Es ist schrecklich für ihn.«
»Gut«, sagte der Herr der Finsternis. »Je schrecklicher, desto besser. Ich hoffe, sie ziehen ihm bei lebendigem Leib die Haut ab und lassen sie von einem Fahnenmast flattern! Und jetzt wollen wir Gareth vergessen und uns über den Silberring unterhalten!«
»Bitte?«
»Du weißt schon, wovon ich rede. Und du weißt, was ich will. Das letzte Mal bist du mir entwischt und hast den Ring behalten. Mal sehen, wie du es diesmal ohne die Hilfe meines Sohnes anstellen wirst. Komm! Zum Roten Turm!«

Verdrießlich mischte sich der Igel ein.
»Augenblick, mein Herr und Gebieter. Der Junge ist mit einem löblichen Anliegen zu dir gekommen. Es wäre nicht gerecht, ihn gegen seinen Willen hierzubehalten.«
»Gerecht!« wiederholte der Zauberer verächtlich. »Es gibt keine Gerechtigkeit, weder in dieser noch in irgendeiner anderen Welt. Glück muß man haben, darauf kommt es an. Und mit seinem Glück ist es jetzt aus!«
Er lachte höhnisch auf, und die von Bitterkeit geprägten Furchen seines Gesichtes vertieften sich. Dann schrie er:

»Bringt uns zwei durch Nacht und Sturm
zu dem roten, schiefen Turm!
Hebt uns über Stock und Stein ...«

»Spring!« brüllte der Igel.
»Nach hinten!« rief Jeffrey.
»Jetzt!« kreischte hoch oben eine Eule.
Eine Saite riß, als Jeffrey mit der Faust auf die Laute schlug. Überrascht ließ der Zauberer Mummel los, und der Junge sprang rückwärts.
Die Erde erbebte.
Er hörte den Zauberer gerade noch hinter ihm her schreien, dann stand er allein auf dem Dorfanger neben dem Schließblock. Der Mond war nur eine Sichel, und er befand sich wieder in der Menschenwelt. Aber – der Schließblock war leer.
»Wie bin ich hierhergekommen?« wunderte sich Mummel. »Ich stand doch viele Kilometer von hier auf einer Lichtung!«
»Psst!« machte etwas, das über ihm kreiste. »Ich kenne auch ein paar Zaubersprüche. Gut zu gebrauchen, wenn man in einer Klemme steckt.«
»Vielen Dank. Und wo ist Gareth?«
Kichernd flog die Eule davon.
»Versuch's doch mal im alten Landhaus!« wehte ihre Stimme zu ihm herüber.
Mummel schritt über das feuchte Gras und überquerte den Weg zu dem baufälligen Landhaus an der Ecke.
Das Tor war offen, und er ging über den im Fischgrätenmuster an-

gelegten Ziegelpfad, der zwischen Damaszener- und Moosrosen, Gartennelken und Maßliebchen zum Haus hinaufführte. Auch die Eingangstür stand offen, und aus ihr fiel Kerzenlicht über die Steinstufen. Mummel klopfte leise an.

»Komm nur rein«, sagte eine dünne Stimme.

Der Junge trat ein und befand sich in einem niedrigen Raum, in dem ein Kessel neben dem Feuer summte; in einem großen geschnitzten Lehnsessel saß die kleine Frau, von der es hieß, sie wäre schon mehr als hundert Jahre alt. Sie hatte sich einen blauen Wollschal um die Schultern gelegt und sah wie ein verrunzeltes Kind aus.

Sie lächelte zuerst Mummel und dann Gareth zu, der sich auf den Kaminvorleger zu ihren Füßen hingestreckt hatte.

»Oh!« machte Mummel. »*Da* bist du!«
»Also, das war so«, begann die alte Dame. »Ich hasse es, wenn man Leute fängt und einschließt. Ich wartete, bis das Dorf eingeschlafen war, öffnete dieses scheußliche Zeug und befreite ihn.« Sie kicherte vergnügt. »Ich weiß nämlich, wo Tilman die Schlüssel auf seiner Veranda hängen hat!«
Mummel war beunruhigt.
»Wird man nicht böse auf dich sein, wenn man dir dahinterkommt, Mutter Barbara?«
»Mir böse?« entgegnete die alte Dame erstaunt. »Ich bin doch über hundert, Kind, wie könnte jemand mit *mir* böse sein? Sie sind alle so lieb, als ob ich ihrer aller Großmutter wäre.«
Mummel sah den Sohn des Zauberers ernst an.
»Hast du Mutter Barbara auch gesagt, warum man dich in den Schließblock gesetzt hat?«
Plötzlich lag ein Schleier über den goldenen Augen, und Gareth wandte sich ab und schürte das Feuer. Die alte Dame lächelte zärtlich auf ihn hinab.
»Er sagt, ich wäre wie seine Mutter«, sagte sie zu Mummel. »Darum habe ich ihn gar nicht erst gefragt, was er angestellt hat – und ich will es auch nicht wissen. Mir ist bekannt, wer er ist und was er ist«, fügte sie überraschend hinzu. »Ich habe ihn schon gesehen, wenn er mit hocherhobenem Haupt in seiner Nachtwelt umherspaziert ...«
Mummel schaute sie groß an, und sie lachte; es klang wie das Geläute von Glocken aus ihrer fernen Jugend. Hinter der Maske ihrer Runzeln sah Mummel das Gesicht des jungen Mädchens, das noch in ihrem Inneren lebte.
»Wenn du mal hundert bist«, fuhr sie fort, »ist eine Welt kaum anders als die andere. Die Schlupflöcher sind keine großen Hindernisse mehr. Es ist nur ein Schritt von hier nach dort – vom Lachen zum Weinen – von der Jugend zum Alter – und wieder zurück. Du wirst auch noch mal draufkommen. Und jetzt ab mit euch beiden!« Sie gähnte. »Ich bin plötzlich schläfrig geworden, und es ist Zeit für ein Nickerchen. Geh heim, Junge«, sagte sie zu Gareth. »Du bist zu spät noch unterwegs und zu weit von daheim.«

Er rappelte sich hoch, beugte sich über ihre Hand und erwiderte ihr Lächeln. Aber er blieb stumm.
»Laß die Tür offen«, bat sie ihn. »Damit der große Kater hereinkommen und seine Milch trinken kann. Der liebe Kerl kommt mich oft besuchen, und manchmal singt er mich in den Schlaf.«
Mummel machte große Augen. Wenn der große Kater der war, an den er dachte, zeigte das Grimbold von einer ganz neuen Seite.
Am Rand des Angers blieb Gareth stehen und blickte auf Mummel herab.
»Wie es scheint, bin ich dir wieder zu Dank verpflichtet«, sagte er. »Diese freche Eule hat mir erzählt, wo du hingegangen bist – und zu welchem Zweck.«
»Es ist nicht viel dabei herausgekommen«, mußte Mummel traurig eingestehen.
Er berichtete Gareth, was in der Nachtwelt vorgegangen war, und der junge Mann nickte.
»Er ist brutal und grausam«, bemerkte er. »Und Jeffrey ist ein Dummkopf, daß er sich so vor ihm duckt und zittert und ihn damit noch ermutigt.«
»Aber dein Vater läßt ihn nicht in seine Welt zurück«, ereiferte sich Mummel.
»Mich auch nicht«, sagte Gareth, »aber darum klappern mir noch lange nicht die Zähne.«
»Du verwechselst echten Mut mit gespielter Tapferkeit«, gab Mummel streng zurück.
»Hack nicht auf mir rum.«
Im trüben Mondlicht sah der Sohn des Zauberers sich um; er ließ den Blick über die Bäume, den verlassenen Anger – und den Schließblock gleiten. Er fröstelte und lachte nervös.
»Es ist wahr; ich habe Angst«, sagte er ganz ruhig.
Mummel legte die Hand auf seinen Arm.
»Deine ... deine Mutter«, sagte er. »Kann sie nichts tun, um dir zu helfen?«
Stille herrschte auf dem Dorfanger. Ein leichter Wind raschelte in den Ulmen. Gareths Stimme klang weit entfernt und beherrscht, als er antwortete:

»Meine Mutter lebte auf einem Stern. Sie verließ ihn nur zum Spaß und kehrte zurück, sobald sie konnte. Sie wäre es gewöhnt, zwei Monde zu haben, wiederholte sie immer wieder, und einer allein genüge ihr nicht. Seitdem versucht Vater ständig einen zweiten Mond zu erschaffen und in Umlauf um die Erde zu bringen. Aber er bleibt nicht im Orbit. Gute Nacht, Mummel.«
Er entfernte sich rasch und verschwand in der Dunkelheit. Sein fröhliches Pfeifen sagte dem Jungen, wie einsam er war und wie verängstigt.

Der Wechselbalg

Wie ist's zu diesem Tausch gekommen?
Wie kam's, daß ich dies sonderbar Geschick auf mich genommen?
Wer hat mich hier zurückgelassen?
In einer Welt voll andrer Rassen?

Ich zeig der Welt ein tapferes Gesicht,
verberge meine Furcht; man sieht sie nicht,
doch nimmermehr finde ich Frieden,
solange meine Knechtschaft währt hienieden.

Nichts ist bekannt und nichts mein Eigen,
nichts ist vertraut, ein ew'ger Reigen.
Wer soll nur frischen Mut mir geben?
Wie meine Geistesstärke überleben?

Nur eines, das bleibt ewiglich bestehen:
Daß jede einsam' Seel', wie ich gefangen,
verloren und allein muß gehen
den sonderbaren Weg, den ich gegangen.

Siebentes Kapitel

Der Schutzgeist

Die Herde weidete in der Nähe, und Mummel spazierte auf dem Hof herum und besuchte alte Freunde.

Die Pferde waren entzückt, ihn zu sehen. Scheck, gefleckt wie eine Forelle und mit Hufen groß wie Suppenteller, aber auch Falbe, das andere große Zugpferd, wollten den letzten Klatsch hören. Falbe war fünfunddreißig Jahre alt und immer noch ein wunderschönes Tier. Ihr Gedächtnis spielte ihr bisweilen einen Streich, indem sie Mummel Simon nannte – sie war auf dem Hof geboren worden. Jetzt lebte sie in wohlverdientem Ruhestand und wanderte gemächlich über die Felder – mit Scheck, sobald dieser seine Arbeit getan hatte, als liebevollem Gefährten.

Es gab auch noch zwei andere Pferde auf dem Hof, Senf und Maikönigin. Letztere war eine hübsche, kleine, braune Stute, die Meg zum Markt brachte und auch gelegentlich einen leichten Karren zog. Senf war Simons Gaul; er verrichtete leichte Arbeiten auf dem Hof, brachte Simon überall hin, wo der Bauer zu tun hatte – und war an Prinz Jeffrey ausgeliehen worden, eine Ehre, der sich zu rühmen er nicht müde wurde.

Mummel blieb eine Weile bei ihnen, denn er liebte die Pferde über alles.

Dann setzte er sich auf ein Gatter und plauderte mit den Rindern. Besser gesagt, er hörte zu. Die Kühe waren friedliche, liebenswürdige Geschöpfe, die ein wohlbehütetes Leben führten und deren Unterhaltung sich auf nur drei Themen beschränkte: Futter, Kälber und Stammbäume.

Auch die Bullen führten ein wohlbehütetes Dasein, was sie bitterlich beklagten. Die Kühe konnten ihre jähzornige Art und ihre Unverläßlichkeit einfach nicht begreifen. Aber Mummel taten sie leid. Denn früher einmal, in jenen fernen Zeiten, als die Rinder frei über das Land zogen, hatten die Führer der Herde sie beschützt, ihnen Weideplätze zugewiesen und getreulich Wache über ihren Rastplätzen gehalten. Nun bedurfte es solchen Schutzes nicht mehr. Die Menschen waren Besitzer der Herden und kümmerten sich um sie. Und sie besaßen auch die Bullen.

Die beiden Bullen auf dem Hof waren Freunde und grämten sich, wenn man sie trennte. Vom Geschwätz der Kühe gelangweilt, waren sie auf einen abgelegenen Teil der Wiese gewandert, wo sie, ihre breiten Brustkästen tief im Wiesengeißblatt, verdrießlich grasten. Der ältere der beiden, mit Namen Salomon, beäugte Mummel und schnaubte ungeduldig:

»Was nützt uns unsere Kraft und unser Glanz, wenn wir nichts anderes zu tun haben, als Milchmädchen einen Schrecken einzujagen?«

Saladin, sein Gefährte, schwang, von einem Schmetterling irritiert, seinen großen Kopf zur Seite.

Sie wollten sich nicht trösten lassen, und so überließ Mummel sie ihrem mißvergnügten Grasen. Auf dem Weg begegnete er einem der Hofhunde, einem gefleckten Collie namens Dickory, der sich vor Liebes- und Ergebenheitsbezeigungen gar nicht lassen konnte.

»Gebieter!« rief er, legte sich flach auf den Bauch und wedelte mit dem Schwanz, »ich bin dein Sklave, der dich liebt! An mir kannst du dir die Füße abstreifen! Tritt mich, wenn du möchtest! Laß mich sterben, um dir meine Liebe zu beweisen! Befiehl mir, was du willst!«

»Na schön«, sagte Mummel, »lauf auf dieses Feld hinaus und bell die Kühe an!«

Der Hund setzte sich erstaunt auf.

»Wozu?« fragte er.

»Um mir deine Liebe zu beweisen und um Salomon und Saladin einen Gefallen zu erweisen. Sie können dich fortjagen, um ihre Damen zu beschützen.«

Argwöhnisch beäugte Dickory Mummel. War das ein Scherz? Mit vielen unfreundlichen Worten hatte man dem Hund beigebracht, das Vieh nicht zu ärgern. Aber Mummel lachte nicht, und so kroch Dickory schwanzwedelnd unter dem Zaun durch und stürzte sich bellend unter die Herde. Wenn er etwas in Angriff nahm, verlor er oft das rechte Maß.

Die Bullen hoben die Köpfe, beobachteten gleichgültig den Tumult und grasten ruhig weiter. Bellend und hechelnd kam Dickory zurück und warf sich Mummel zu Füßen. Die Kühe sammelten sich wieder.

»Jetzt ist er endgültig verrückt geworden«, erklärten sie schokkiert.

»Hast du Daisy gesehen? Schlägt mit den Hinterbeinen aus, als ob sie ein Kalb wäre. Dabei hat sie ihre guten vier Jahre auf dem Bukkel!«

Mummel legte die Hand an den Mund und rief zu den Bullen hinüber:

»He, ihr zwei Helden, warum habt ihr denn nichts unternommen?«

»In bezug worauf?« wollte Salomon wissen.

»Es war doch nur Dickory, der sich lächerlich gemacht hat«, sagte Saladin kühl. »Wie üblich.«

Mummel beruhigte den Collie, der angesichts dieser Verunglimpfung empört kläffte. Dann sprang der Hund in den Graben, um die Verfolgung eines Hasen aufzunehmen, der sich über ihn lustig machte. Der Junge aber begab sich in die große Scheune im Mietenhof.

Dies war ein Ort, den er besonders liebte. Riesengroß und alt, schien die Scheune von der Zeit und nicht von Menschenhand gefertigt – so als ob sie wie ein Baum aus der Erde gewachsen wäre. Und tatsächlich hatten die gewaltigen Hauptbalken die Form der Bäume behalten, aus denen sie zurechtgehauen worden waren. Die Spannbalken, die das Sparrenwerk trugen, zeigten so deutlich die Spuren der Axt, die sie geschlagen hatte, als ob die Bäume gestern gefällt worden wären und nicht vor hundert Jahren. Das Sonnenlicht sickerte durch Sprünge und Spalten und ließ den Heustaub um seine langen Strahlen herumtanzen. Uralte, enorme Spinnweben, dick und grau, verbanden sich zu festlichen Girlanden. Das Dach, die Wände und der Boden atmeten den süßen Duft vieler Ernten. Auf einer Seite waren die Geräte gelagert: Pflüge und Rechen, Eggen, Sicheln, ein paar Heugabeln und Stapel von Säkken.

Ein anderer Teil der Scheune war mit Pfosten und Brettern abgeteilt, um das Jungvieh einzuschließen, Tiere, die noch zu jung waren, um auf das Feld zu gehen. Sie waren sanft und furchtsam, und als Mummel auf sie zutrat, muhten sie leise. Sie hoben ihre feuchten kleinen Schnauzen und sahen ihn mit ihren klaren Augen an, über welchen lange Wimpern saßen.
»Hallo«, lispelten sie mit ihren kindlichen Stimmen, »wo sind unsere Mütter, Mummel? Wann ist es Zeit für unsere Milch?«
»Ihr habt ja gerade erst euer Frühstück gehabt«, erinnerte er sie.
Sie kicherten und nahmen ihre Art von Versteckspiel wieder auf, ein Spiel, von dem sie glaubten, sie hätten es erfunden.
Mummel kletterte eine schwankende Leiter hinauf. Über dem Verschlag für die Kälber war ein Teil des Sparrenwerks mit Brettern belegt, um den Boden eines Getreidelagers zu bilden. Von hier schwang sich der Junge mit Leichtigkeit auf einen der Unterzüge hinauf; auf dem saß er mit gespreizten Beinen, hoch in der düsteren Kuppel der großen Scheune. Er kam oft hierher, wo niemand ihn sehen konnte, um zu träumen, Verse zu schmieden und die Wirklichkeit in seiner Phantasie zu Märchen zu verweben.
Er dachte an viele seltsame Dinge. Und eines war seltsamer als all die anderen – ihm war, als säße etwas auf demselben Querbalken wie er selbst, ein Stück weiter weg, und beobachtete ihn mit glitzernden kleinen Augen. Er schüttelte den Kopf, um den Gedanken aus seiner Vorstellung zu verbannen, aber es gelang ihm nicht. Er spähte durch die Schleier der Spinnweben, und etwas war tatsächlich da. Ein rundes, dickes Ding, wie eine große Eule, den Kopf tief zwischen den Schultern.
»Ich bin ein Elf«, sagte das Ding.
Mummel fuhr zusammen und faßte nach dem Querbalken, um sich festzuhalten.
»Du bist was?«
»Ein Elf, ein Kobold. Der Schutzgeist dieses Hofes«, antwortete das Ding mürrisch. »Ich wohne hier.«
Mummel ließ diese Mitteilung in sein Bewußtsein eindringen.
»Dann bin ich wohl durch ein Schlupfloch gekommen«, sagte er.

Das fette kleine Ding lachte herzlich. »Von diesen Geschöpfen wirst du keines hier finden«, antwortete es. »Hier bist du in der alten Welt des Tageslichts, wie du sie kennst. Ich lebe nicht in der Finsternis, Junge. Ich bin der gute Geist dieser Scheune. Komm mit mir in mein kleines Nest.«
Der Junge rückte vorsichtig gegen das sonderbare Wesen vor, das sich nun erhob und, kaum mehr als eine Elle hoch, sicheren Fußes den Balken entlang auf die Wand der Scheune zuging. Jetzt, da Mummel ihn sehen konnte, erwies sich der Kobold als rundlicher kleiner Mann mit bestaubtem braunem Haar, das steif wie die

Borsten eines Besens in die Höhe stand. Gekleidet war er in braunes Zeug, das wie Sackleinen aussah. Er war von der Scheune fast nicht auseinanderzuhalten. Mummel mußte sich in den Arm kneifen, um sicher zu sein, daß der Kobold wirklich existierte. Der drehte sich nun um und lachte freundlich; seine kleinen schwarzen Äuglein funkelten.
»Schau nicht so sorgenvoll, Junge«, sagte er. »Der alte Tedder ist ein prima Kerl, mit dem es keinen Streit gibt.«
Er hob einen Vorhang aus Spinnweben auf, ging darunter durch und hielt ihn offen, um Mummel folgen zu lassen. Und da war nun sein »Nest«. Aus geflochtenem Stroh und zusammengepreßter Erde gefertigt und mit Heu gepolstert, erinnerte es an ein großes Waschbecken. Der Kobold kletterte hinein, setzte sich im Schneidersitz auf den Boden und strahlte Mummel an.
»Platz für zwei«, sagte er.
Und es war Platz für zwei – gerade noch. Neben dem Nest war eine kleine Strohgarbe vom Scheunendach entfernt worden, so daß ein wenig Tageslicht hereinfiel. An den Sparren waren einige Regale befestigt, in welchen sich Teller und Schüsseln befanden.
»Möchtest du einen Schluck Sahne?« fragte der Elf.
»Nein, danke. Ich habe schon gefrühstückt.«
»Dann werde ich es mir eben allein schmecken lassen.«
Fasziniert sah Mummel zu, wie der kleine Mann nach einer blauweiß gestreiften Schale griff und genüßlich daran nippte.
»Ja, ja«, unterbrach der Kobold seine Mahlzeit. »Du hast diese Schale schon mal gesehen. Aber glaube ja nicht, ich hätte sie gestohlen! Sie stellt sie mir jeden Morgen hin, mit Sahne, Brot und Honig oder Hafergrütze. Gott segne sie, sie weiß, was Kobolde schätzen.«
»Mutter Meg?«
»Ja. Denn ich bin ja der Schutzgeist dieses Hofes, und wenn ich einmal von hier fortginge, würde alles zugrunde gehen.«
»Kann – kann Mutter Meg dich sehen?«
»Nun ... ich zeige mich den Menschen nur selten. Ich bin so schnell auf den Beinen, fast so, als ob ich unsichtbar wäre. Aber für gewöhnlich weiß die Hausfrau, daß ich da bin. Seit vielen hun-

dert Jahren stellt man mir Speise und Trank hin. Abends trage ich das Geschirr zurück und lasse es bei der Tür.«
»Dort habe ich es schon gesehen!« rief Mummel. »Ich dachte immer, es wäre für die Katzen.«
Der Elf schüttelte den Kopf und lachte. »Katzen sind kluge Tiere«, sagte er, »sonderbare und denkende Wesen, aber nie waschen sie das Geschirr mit Seife und Wasser – und würden es auch nicht tun, selbst wenn sie könnten. Dazu sind sie ein bißchen zu stolz. Aber ich mache alles so sauber, daß selbst ein König daraus frühstücken könnte. Und ich bin auch sehr auf meine Hausarbeit bedacht – Boden schrubben, Feuer machen – und so.«
»Haben alle Höfe ihren eigenen Kobold?«
Während er seine Schale leerte, dachte Tedder über die Frage nach. Er schleckte sich den Rest von den Lippen und stellte das leere Gefäß zur Seite. Dann antwortete er:
»Nur die, die einen verdienen. Deren Besitzer hart und ehrlich arbeiten. Die ihre Felder bestellen und gut zu ihren Tieren sind. Die ihren Pferden nicht zu schwere Lasten aufbürden und ihre Heckenzäune nicht vernachlässigen. Die saubere Abzugsgräben anlegen und ihre Katzen nicht streunen oder hungern lassen. Dieses Dorf, in dem du lebst, ist sehr fleißig, und es gibt da keine Scheune, die kein Koboldnest in ihren Sparren hätte. Ein bewohntes, versteht sich. Und kein verlassenes, zerlumptes und zerfetztes Überbleibsel aus besseren Tagen.«
»Es gibt mir ein Gefühl der Sicherheit«, sagte Mummel, »zu wissen, daß ihr alle ein Auge auf uns habt.«
»Ja, ich arbeite hart für eure Sicherheit«, bekräftigte der Elf. »Heute zum Beispiel: Es ist ein Sturm im Anzug. Hast du gehört, wie der Wind aufkommt? Wir Kobolde haben noch vor Tagesanbruch alle Dächer kontrolliert, um uns zu vergewissern, daß alles gut verschlossen ist. Wir können nichts garantieren, aber wir tun unser Bestes. Was entzweigehen muß, geht entzwei, denn es wird eine steife Brise werden, und alles hat einmal ein Ende. Aber das Glück wird dem Hof treu bleiben, und der Schaden wird nicht groß sein.«
Rund um die Scheune erhob sich ein Heulen und Pfeifen. Ein

Windstoß blies durch die offenen Türen, zerrte an den Spinnwebvorhängen und jagte Staubwirbel über den Boden. Es war viel kälter geworden, und die Sonne hatte sich hinter Wolken versteckt. Von den kalten Höhen des Gebirges warf sich der Sturm brausend gegen das Dorf.
Der Junge war Sommerstürme gewöhnt, aber er rückte unruhig von einer Seite zur anderen; der Elf jedoch lachte ihn zahnlückig an.
»Der Schaden wird nicht zu groß sein«, wiederholte er. »Ein paar alte Bäume werden fallen, vielleicht ein oder zwei Zäune, die man hätte reparieren sollen – aber das Glück wird euch treu bleiben, und der Sturm wird nicht lange dauern.«
Ein jäher Windstoß peitschte wild durch die kleine Öffnung im Strohdach neben dem Nest. Mit großen Augen starrte der Kobold auf die Stelle.
»Das kommt vom vielen Plappern«, rief er. »Ich habe vergessen, mein Guckloch zu schließen!«
Rasch kroch er durch das aufgerissene Dach. Seine braunen Füße suchten Halt auf dem schlüpfrigen Stroh. Dann heulte der Wind rund um die Scheune – von oben kam ein Schrei –, und die Füße verschwanden. Mummel, der ratlos durch die Öffnung starrte, sah, wie sich der dicke kleine Kobold hoch in der Luft überschlug und entsetzlich schnell über den Mietenhof gefegt wurde. Ein schwacher Schrei war zu hören.
»Wehe dem Hof, sein Glück verläßt ihn!«
Ein plötzlicher Aufwind wirbelte den kleinen Kerl in einem langen Purzelbaum über einen Heuschober und einige Bäume, dann war er verschwunden.
Zu schnell für seine eigene Sicherheit kletterte Mummel aus dem Sparrenwerk hinunter, aber er bekam nur da und dort eine kleine Schramme ab und humpelte schnell über den Hof. Ein Ziegelstein zersplitterte zu seinen Füßen. Eine offene Tür schlug wild auf und zu; das laute Krachen verriet, daß die Scharniere bald reißen würden. Und durch das Heulen des Windes hörte Mummel ein pfeifendes Sausen hinter sich. Er drehte sich um und sah, wie sich das halbe Dachstroh der großen Scheune in die Luft erhob und wieder

setzte – und sich dann endgültig losriß und in völliger Auflösung über den ganzen Hof zerstreute. Die Kälber stimmten ein hysterisches Wehklagen an.
Er hörte das Murren der Ziegen auf ihrer Weide. Um sich in Sicherheit zu bringen, stoben Hühner und Enten in alle Richtungen auseinander. Die Kühe muhten kläglich, als Mummel an ihrer Wiese vorbeikam. Von einem Baum krachte ein Ast herunter und legte den Zaun um. Es gelang Mummel gerade noch, den umherfliegenden Zweigen auszuweichen. Dann brüllte er zu den Kühen hinüber:
»Kommt zurück! Daisy – Butterblume – Briony – kommt zurück!«
Doch die Herde hörte nicht auf ihn und trampelte über den gefallenen Zaun auf den Karrenweg hinaus. Dann stürmten sie auf das Moor zu und waren bald den Blicken entschwunden.
»Wahrhaftig, das Glück hat uns verlassen«, stöhnte Mummel. »Ich muß den Kobold finden!«
Über seinem Kopf hörte er ein angstvolles Kreischen. Ihre kurzen und nutzlosen Flügel gegen den Wind schlagend, segelte eine Henne vorbei. Es war Blanche, ein ganz besonderer Liebling Megs, und Mummel sprang in die Luft, um sie zu fassen. Aber sie flog zu hoch und zu schnell, und nur ein paar weiße Federn waren der Lohn für seine Bemühungen.
Vom Wind vorwärtsgetrieben, begann Mummel zu laufen. Er überquerte eine Wiese; die langen Halme lagen flach und wogten wie eine sturmgepeitschte See. Die Zweige der gegenüberliegenden Hecke knisterten und knackten, und die Bäume knirschten und knarrten unter der Wucht des Sturmes. Ein kleiner Weißdornbaum jammerte leise vor sich hin:
»Ich habe Angst! Noch nie habe ich einen Sturm gefürchtet, aber ich habe den Schutzgeist vorbeifliegen sehen, und jetzt wird alles zugrunde gehen!«
Mummel hielt sich am Stamm des Baumes fest und stammelte:
»Ist der... der Kobold... noch... am Leben?«
»Ja, ja! Aber er wird ins Tiefland gefegt werden, und dort erwischt ihn der Aasfresser!«

»Der – was – ?«
»Der Aasfresser! Das ist einer, der das Treibgut des Windes einsammelt. Er steckt alles in seinen großen Sack und schleppt es in seine Höhle, wo es nie wieder gefunden oder gesehen wird.«
»Wie – wie – kann ich diese Höhle finden?«
Der Weißdornbaum erschauerte und stöhnte laut auf.
»Geh, wohin der Wind dich treibt.«
Mummel ließ sich vom Sturm über die Felder jagen, und ein Regenschauer begleitete ihn.
Endlich kam er in das kahle Hochland zwischen dem Dorf und dem Moor. Das Gras war kurz und federnd unter seinem Schritt, und die verstreuten Stechginsterbüsche waren zu tief verwurzelt und verkrüppelt, um sich viel aus einem Sturm zu machen. Mummel aber mußte seine ganze Kraft aufbieten, um dem Orkan standzuhalten, der heulend und tobend über die Erde fegte. Er war wie betäubt von soviel Gewalt. Es hatte als gewöhnlicher Sommersturm begonnen, aber das war nun etwas viel Schlimmeres.
»Wo kommt das nur alles her?« wunderte sich der Junge. »Und woher nimmt es den vielen Atem, um so viel zu blasen?«
In seiner Erschöpfung stolperte er und fiel zu Boden. Und fand sich am Rande eines niedrigen, zehn Meter langen Erdhügels, vier Meter hoch, breit wie ein Zimmer und mit Thymian, Gras und rundblättrigen Glockenblumen überwachsen. Genau in der Mitte stand eine uralte und verwitterte Eiche. Sie war dick und nicht sehr hoch und zum Teil hohl. Und weil sie keine Blätter hatte, leistete sie dem Wind keinen Widerstand und bewegte sich kaum. Mummel, der flach auf dem Bauch vor ihr lag, hörte eine knarrende Stimme.
»Sieh dich vor, Junge«, murmelte sie.
Mißtrauisch beäugte Mummel den Baum. »Bist du der Aasfresser?« keuchte er.
»Sei doch nicht albern«, antwortete die Eiche. »Sehe ich aus wie einer, der in der Gegend herumläuft und Unrat einsammelt? Oder in diesem widerlichen Hügel wohnt? Was siehst du mich denn so verständnislos an? Du weißt doch, daß du auf dem Hügelgrab liegst, oder?«

»Was für ein ... was für ein Hügelgrab?«
Die Eiche schnaubte verächtlich.
»Auf dem Hügelgrab«, wiederholte sie. »Voll mit alten Knochen, die seit vielen hundert Jahren hier vergraben sind. Zusammen mit Schätzen natürlich, wie sie die Urbewohner ihren Toten mitgaben. Es gibt viele solche Hügelgräber über das ganze Land verstreut. Aber hier liegen Dinge, die nicht hier liegen sollten! Lumpen und Papierzeug, kleine Vögel und Geschöpfe mancher Art und Zweige und dies und das. Der Aasfresser sammelt alles, was der Wind ihm bringt.«
»Ist da vielleicht auch – weißt du, ob er einen Kobold eingefangen hat?«
»Ja, das hat er.«
»Dann – wie komme ich hinein?«
Der Wind tobte über den Hügel, und der Baum antwortete bedächtig:
»Verzeih mir – ich spüre mein Alter. Mein Geist ist träge geworden. Ja natürlich, du bist der Junge, den sie Mummel nennen. Ich habe von dir gehört, denn du trägst einen silbernen Ring und bist ein Freund aller lebenden Wesen. Laß mich überlegen.«
Mummel kroch näher an seine großen Wurzeln heran, um sich vor dem heulenden Sturm zu schützen. Und endlich sprach die Eiche wieder:
»Es ist meine Pflicht, dir zu helfen, und ich tue es gern«, sagte sie seufzend. »Ich werde dir schenken, was noch von meinem Leben geblieben ist.«
Das wollte Mummel nicht zulassen, aber die Eiche wies seine Einwände zurück und fuhr fort:
»Der Aasfresser darf dich nicht in die Hände bekommen, und es gibt sonst nur *eine* Möglichkeit, wie du in seinen Bau hineinkommst. Ich muß ihn offenlegen, indem ich stürze. Ich habe schließlich lange genug gelebt.«
Sie lehnte sich seitwärts in den Wind, so daß die gespannten Wurzeln knarrten und unter der Erde erzitterten.
»Nein, nein, tu's nicht!« rief Mummel entsetzt.
»Ich bin ja nur noch morsches Holz«, knirschte der Baum unter

Anspannung aller Kräfte. »Es ist besser, ich gehe aus freien Stükken, als zu warten, bis ich zusammenbreche!«
Man hörte ein gewaltiges Zerren und Reißen.
»Zur Seite, Kind!« rief der Baum.
Es war zu spät, um noch etwas dagegen zu tun, und so sprang Mummel zur Seite. Und der Baum stürzte.
Der Sturm trug mehr als nur ein Scherflein dazu bei, daß die gewaltigen Wurzeln aus dem Boden gerissen wurden, der Baum zu Boden krachte und gleich einem in der Schlacht zu Tode getroffenen König quer über den Grabhügel zu liegen kam. Die Zweige erzitterten und erstarrten.
Nun ragten die Wurzeln hoch über Mummels Kopf zum Himmel und hielten die Erde fest, die sie aus dem Boden gerissen hatten. Ein dunkles Loch gähnte auf der Oberseite des Hügels, und durch den pfeifenden Wind erhob die Eiche noch einmal ihre Stimme.
»Der Weg ist frei.« Die Stimme war nur noch ein dünner Faden, ersterbend und gelassen. »Sei nicht traurig, Junge. Aus meinem Inneren wird ein neuer junger Baum wachsen. Und ich werde wieder in der Sonne atmen. Leb wohl.«
»Ich werde auf dein erstes grünes Blatt warten«, versprach der Junge.
Der Baum schwieg. Und Mummel kroch über das feuchte Gras, um in die Höhle hinabzublicken, die nun freigelegt war.
Zuerst sah er nichts als Finsternis und Brocken loser Erde, die in die Tiefe zurückpolterte. Dann ließ sich von unten ein leises Wimmern vernehmen:
»Oh – er ist wieder da! Und jetzt wird er mich kochen!«
Klingt wie ein Hase, dachte Mummel und rutschte in das Loch hinunter.
Der Hügel glich innen einer lichtlosen Scheune mit einer niedrigen Decke, aber nicht die Art Scheune, in der Kobolde leben sollten. Der Junge folgte tastend dem Wimmern trauriger kleiner Stimmen in einer entfernten Ecke. Neben seinem Fuß war ein schriller Schrei zu hören. Er bückte sich und berührte ein weiches Fell, das sogleich seinen Fingern entglitt.
»Es ist ja nur Mummel, meine Lieben«, meldete sich der Elf.

Zwei kleine kräftige Hände umfaßten die Knie des Jungen.
In diesem Augenblick waren oben schwere Schritte zu vernehmen, und eine tiefe Stimme brüllte:
»Mein Bau ist aufgebrochen! Wer hat meine Vorratskammer geplündert? Wer ist in mein Lagerhaus eingedrungen? Haltet den Dieb!«
»Seid nur alle still!« flüsterte Mummel. »Keinen Laut.«
Es folgte ein entsetzliches Poltern, so als ob der Fuß eines Riesen oben aufgestampft hätte.
»Wo soll ich jetzt meine Beute hintun?« dröhnte die Stimme. »Ich muß mir einen anderen Bau suchen! Und der hier war so praktisch! Ich werde meinen Sack ausleeren und auf die Suche gehen – und alle meine kostbaren Andenken verlieren! Wo soll ich jetzt hin? Wo finde ich einen Bau und ...«
Die Stimme entfernte sich und rollte wie Donner über die Berge und das Moor. Leise Seufzer ertönten im Höhlengrab.
»Er ist fort«, sagte Mummel, »und der Weg ist frei!«
Er nahm den Hasen auf, der noch starr vor Schreck war, und trug ihn zu der Stelle, wo das Tageslicht hereinsickerte. Er kletterte an den gebrochenen Wurzeln hoch, die an den Seiten der Öffnung aufragten, und arbeitete sich mühsam an die Oberfläche hinauf. Er ließ den Hasen los und wandte sich wieder der Höhle zu, um den anderen zu helfen.
Einige Vögel kamen heraufgeflogen und kreisten zwitschernd am Himmel. Ein Lämmchen erschien in der Öffnung, und der Elf hob es mit seinen starken kleinen Armen, so hoch er konnte. Mummel bückte sich und zog es zu sich herauf. Dann kam ein hinkender Fuchs, der ihn anfauchte und wie ein roter Blitz davonjagte. Ihm folgten ein Eichkätzchen, zwei Moorschneehühner mit weißen Bürzeln und eine Henne. Es war Blanche.
»Das ist alles«, rief der Kobold von unten herauf. »Ausgenommen eine Ansammlung von altem Zeug, das ruhig hierbleiben kann. Und die Knochen und Schätze der Alten, die wir in ihrer Ruhe nicht stören wollen.«
Tedder kam mit einem Satz aus dem Grabhügel gesprungen, und erst jetzt merkte Mummel, daß der Sturm sich gelegt hatte.

»Ich habe dir ja gesagt, daß es nicht lange dauern würde«, lachte der Elf.
Mit dem Lämmchen in einem, Blanche im anderen Arm und Tedder neben sich, kehrte Mummel zum Hof zurück. Auf dem Weg traf er die Kühe, die gelassen ihrer Weide zustrebten.
Hinter ihnen stolzierten Salomon und Saladin einher, die sich vor Kraft und Selbstgefühl kaum lassen konnten. Salomon hatte ein aufgerissenes Ohr, und Saladins Schulter wies eine blutige Schramme auf.
»Was habt *ihr* denn getrieben?« erkundigte sich der Junge.
Die Bullen kamen in majestätischer Haltung auf ihn zu.
»Die Herde floh in Todesangst auf wüstes Land«, antwortete Salomon. »Und da gab es Wölfe. Den Kühen ist nichts geschehen, denn wir haben sie beschützt.«
Wichtigtuerisch trotteten die beiden Bullen hinter ihren Schützlingen her.
Mummel und der Elf stellten den Zaun wieder auf und befestigten ihn mit einer Schnur, die Tedder bei sich hatte. Dann gingen sie zum Mietenhof zurück. Plötzlich sprang der Kobold auf Mummels Schulter und von dort auf das überhängende Strohdach der großen Scheune. Seine bloßen braunen Füße blinkten, als er zu seinem Nest hinaufturnte. Dann steckte er den Kopf heraus und lachte über das ganze Gesicht.
»Jetzt habe ich eine Weile zu tun«, sagte er. »Instandhaltung und Reparaturen! Aber du kannst jederzeit raufkommen, Junge. Du wirst immer willkommen sein. Ich bin der Schutzgeist dieses Hofes – und das bist du auch!«

Die gestürzten Götter

Für Götter und für Menschen ändert sich die Zeit.
Sie steigen auf und herrschen, bis sie dann zur Hölle fahren –
und darum sitzen wir in weiser Abgeschiedenheit,
wir, die wir einstens halbe Götter waren.

Die Bilder wechseln, doch die Ideale bleiben,
und darum könnt' sich irgendwo und irgendwann
der große Stier noch mal an deiner Seite zeigen,
festlich geschmückt im Zauberbann.

Ob es die Menschen sind, die Götter schaffen,
oder auch umgekehrt – vom Scheitel bis zur Sohle
laßt unsere Würde uns erraffen
so wie die himmlischen Symbole.

ACHTES KAPITEL

Der Hund Dickory

Mummel saß auf einem Zaun und sah zu, wie die Nacht hereinbrach. Selbst die Ziegen in ihrem Pferch waren still, ungewollt beeindruckt vom Frieden der Dämmerung.

Sie alle waren überrascht, als ein Reiter den Weg heraufgeklappert kam und neben ihnen hielt.

»Hast du einen Jagdhund gesehen?« fragte er den Jungen.

»Hm?«

Der Mann schien nahe daran, die Geduld zu verlieren. Ganz langsam und deutlich wiederholte er seine Frage:

»Hast – du – einen – Jagdhund – gesehen?«

Mummel schüttelte den Kopf. Das Pferd tat einen nervösen Sprung, als Simon mit seinen zwei großen weißen Zugochsen herankam.

»Bleib ruhig, Pferd«, sagte der Junge. »Da sind nur Bramble und Holly. Die tun dir nichts.« Und zu den Ochsen gewandt, fügte er hinzu: »Guten Abend, ihr zwei!«

Der Reiter warf Mummel einen erstaunten Blick zu, der sich zu Mitleid wandelte. Er kam zu dem Schluß, daß der Junge der Dorftrottel sein müsse, und darum sagte er zu Simon:

»Ein weißer Jagdhund hat sich verlaufen, Bauer. Er gehört dem Bruder des Königs und verschwand gestern, als wir auf den Hängen eures Berges jagten ...«

»Dort gibt es aber nicht viel zu jagen«, fiel Simon ihm ins Wort. »Zumindest nicht für einen Prinzen. Ein paar Hasen ...«

»Man erzählt sich so allerlei«, sagte der Reiter geheimnisvoll. »Es heißt, man hätte da oben seltsame Geschöpfe gesehen, und der Prinz würde nur allzugern eines vor seine Armbrust bekommen. Aber bis jetzt haben wir nichts gesehen. Und einen Jagdhund verloren!«

»Wenn ich ihn irgendwo sehen sollte, fange ich ihn ein«, versprach Simon.

Er ging mit Bramble und Holly weiter, und der Reiter sagte freundlich zu Mummel:
»Hab ein wachsames Auge auf das große weiße Hundchen. Sag's Daddy, wenn du ihn siehst, vielleicht bekommst du dann auch ein paar Zuckerstangen von mir.«
»Vielen Dank«, sagte der Junge ernst.
Der Mann ließ die Zügel locker, das Pferd tat einen Sprung, und schon preschten sie den Weg hinauf. Mummel lief zum Hof, wo das Abendessen wartete. Sobald er gegessen hatte, kam er wieder heraus.
Zuerst befragte er die Ziegen, aber deren Aussagen in bezug auf den verlaufenen Jagdhund waren ebenso unwahrscheinlich wie überspannt, und Mummel verließ sie wieder. Er ging durch alle Ställe und Pferche, aber niemand konnte ihm etwas sagen. Dann kam er an einem leeren Faß vorbei, das neben dem Gartentor lag. Von innen hörte er eine Kette rasseln und ein ständiges Klopfen. Er blieb stehen.
»Dickory«, sagte der Junge.
Aus dem Stroh im Faß war ein lautes Gähnen zu hören. Der Collie kam heraus und schob seine lange Schnauze liebevoll in Mummels Hand.
»Hallo...« sagte der gefleckte Hund. »Hallo... hallo... hallo...«
»Hast du einen weißen Jagdhund gesehen?«
Der Collie wich einen Schritt zurück und ließ den Schwanz hängen.
»Nein! Nein!« knurrte er. »So etwas gibt es nicht. Der Jagdhund existiert gar nicht. Es ist reine Phantasie.«
»Wovon redest du eigentlich?«
Dickory winselte. Schuldbewußt und verwirrt sah er den Jungen an.
»Ich bin unschuldig«, wimmerte er.
»Niemand hat dir etwas vorgeworfen«, erklärte Mummel. »Reiß dich gefälligst zusammen.«
Der Collie warf sich flach auf den Boden und hob flehend eine Pfote.

»Immer meine Pflicht getan...« klagte er und verdrehte die Augen, »...so klein sie auch gewesen sein mag. Hab nie große Ansprüche gestellt. Hin und wieder eine Brotkruste, wenn jemand daran dachte. Gelegentlich ein freundliches Wort – sogar einen gutmütigen Klaps. Nicht zu arg geprügelt – nicht getreten zu werden...«
»Hast du den Verstand verloren?« sagte Mummel. »Du bist *niemals* getreten oder geprügelt worden! Du bekommst regelmäßig acht Mahlzeiten am Tag vorgesetzt, von Imbissen zwischendurch ganz abgesehen, du...«
»Sprich nicht weiter!« jammerte der Hund. »Ich bin ein nutzloser, undankbarer, nichtswürdiger Köter! Ein Schwerverbrecher! Ein Bösewicht! Der Abschaum der Erde!«
»Dickory«, entgegnete Mummel, »du bist ein Dummkopf, nichts weiter.«
Die Wehklage des Collies fand ihren Widerhall in einem Aufschrei in weiter Ferne – ein hoher, geheimnisvoller Klang, und Dickory heulte verzweifelt auf. Mummel selbst konnte einen Aufschrei nicht unterdrücken. Als er die Fassung zurückgewonnen hatte, sah er den letzten Zipfel des Hundeschwanzes wieder im Faß verschwinden.
»Dickory!« rief der Junge. »Ich will eine Antwort hören! Ich will die Wahrheit wissen! Wo ist der Jagdhund des Prinzen?«
»Nie von ihm gehört«, kam es undeutlich aus dem Dunkel des Fasses. »Er ist fort! Er wird nie wiederkommen!«
»War das der Jagdhund, der gerade eben so weit weg und so gespenstisch gejault hat?«
Das Stroh raschelte, und das Faß hob sich ein wenig, so daß man hätte meinen können, Dickory versuche sich durch den Boden durchzubohren. Er gab keine Antwort. Mummel griff nach der langen Kette und zog daran, bis der Hund, obwohl er sich mit allen vier Pfoten sträubte, wieder draußen war.
»Dickory – warum stellst du dich bloß so an?« fragte Mummel.
»Angst...« wimmerte der Hund.
»Wovor?«
Dickory murmelte etwas.

»Vor der Nachtwelt? Habe ich dich richtig verstanden?«
»Entsetzlich!« antwortete der Collie in weinerlichem Ton. »Es gibt sie ja gar nicht. Nie davon gehört!«
»Befindet sich dort der Jagdhund des Prinzen?«
»Alles nur ein grausamer Irrtum!« stieß der Hund hervor. »Muß den falschen Weg gegangen sein. Laß mich in Frieden.«
»Du kommst mit!« sagte Mummel.
Die Kette, die Dickory an seine Hütte fesselte, war eine reine Formsache, und nun nahm der Junge sie ihm ab.
»Ich brauche deine Hilfe, Dickory«, sagte er.
Der Hund winselte leise.
»Ich würde dich nicht darum bitten«, erklärte ihm Mummel, »aber – wenn der Jagdhund ebenfalls solche Angst vor der Nachtwelt hat wie du, dürfte es schwer sein, ihn zu finden. Du könntest mich zu ihm führen. Tu's für ein armes, verschrecktes Tier, Dickory – bitte!«
»Für dich«, wisperte der Hund.
Einen Augenblick lang stand er da, ohne sich zu rühren, und ließ Ohren und Schwanz hängen. Dann schleckte er zart Mummels Hand und ging mit dem Jungen durch den Obstgarten. Mummel grub seine Finger in das dichte Halshaar des Hundes; er konnte den Schauer fühlen, der Dickory die ganze Zeit überlief.
Als sie zur Steinmauer kamen, wo Rhabarber und Johannisbeeren wuchsen, versuchte Mummel das Schlupfloch zu finden, durch das er schon einmal gekommen war. Dann fiel ihm ein, daß er sich selbst eines schaffen konnte. Er überlegte ein paar Minuten und sagte dann laut und ein wenig zaghaft:

»O Äpfel, grün und rot und gold,
seid bitte meinem Wunsche hold –
Gulderling und Goldrenette,
Cox-Orange und Rambourrenette,
Gravensteiner, Jonathan,
Boskoop, Berlapsch, Astrachan,
Lederapfel, Calville – macht
frei den Weg, den ihr bewacht!«

Die alten Apfelbäume ließen ihre Blätter flattern, und die Erde er-

bebte. Der Hund wich zurück und winselte.
»Dann gehe ich eben allein«, drohte Mummel.
Der Collie kroch mit ihm in die Nachtwelt hinein.
Da stand nun verschwommen die Gartenmauer, und die Äpfel strahlten wie hellerleuchtete Lampen. Aber es gab hier auch Dinge, die Mummel lieber nicht gesehen hätte. Ein unheimliches grünes Licht, das über den Boden flackerte. Unförmige Schatten unter den Bäumen – und Augen, die in diesen Schatten glitzerten. Wieder war in der Ferne ein Schrei zu hören, und Mummel setzte entschlossen seinen Weg fort.
»Such, Dickory«, befahl er, »such ihn für mich.«
Der Hund meldete sich mit einem leisen Winseln. Erstaunt blickte Mummel nach unten – und sah ein geflecktes Geschöpf, nicht größer als ein Hase, das sich zu seinen Füßen zusammengekauert hatte. Er sah die Augen, in welchen sich die Angst spiegelte – und nahm Dickory rasch in seine Arme.
»Aber was ist denn mit dir passiert?«
»Wir sind Geschöpfe der Tageswelt«, kam die leise Antwort. »Wir sind Hunde – keine Wölfe. Die Zauberkräfte machen uns kleiner.«
Wieder ertönte ein Schrei. Dickory drehte seinen kleinen Körper ein wenig, und Mummel ließ ihn wieder herunter. Der Hund wimmerte leise und kroch dann, die Nase am Boden, langsam voran. Der Junge folgte dicht hinter ihm.
Ihr Weg führte sie aus dem Garten und dann den Weg hinunter bis zum offenen Moor. Diesmal empfand Mummel das Nächtliche Königreich nicht mehr nur als Wunderwelt. Furcht und Grauen beherrschten die Sinne, und das Wissen um dräuende Gefahr. Der Junge begriff, daß Dickorys Angst ihn angesteckt hatte; er sah und fühlte die Dinge so, wie der Hund sie sah und fühlte.
Da und dort erhoben sich schwarze Hügel auf der schwarzen Heide, Hügel, so seltsam geformt, daß es Monster hätten sein können, und so bewegungslos, daß es offenbar Felsen waren – bis plötzlich aus dem einen oder anderen ein Auge hell aufblinkte. Hund und Junge begannen zu laufen.
Von Panik erfaßt, hatten sie jedes Orientierungsvermögen verloren. Mummel versuchte sich zusammenzureißen. Wenn er nur die

Angst abschütteln könnte, die der Hund auf ihn übertragen hatte! Doch es gelang ihm nicht.
Ein Ungetüm stellte sich ihnen in den Weg. Geifernd, mit roten Augen, struppigem grauem Fell, gefletschten Zähnen und einer Stimme, die vor Haß bebte.
»Verräter!« fauchte der Wolf den sich ängstlich duckenden Dickory an. »Elender Köter! Abtrünniger!«
»Wir hatten das Recht zu wählen«, wimmerte der Collie, »und wir entschieden uns für die Tageswelt.«
»Ihr habt euer Erbe aufgegeben, um Sklaven des Menschen zu werden! Wir – die freien Rudel – sind eure Ahnen, und zwischen uns herrscht jetzt Krieg!«
»Lauf, Mummel«, piepste Dickory, »oder er tötet uns beide. Ich werde versuchen, ihn hinzuhalten.«
Herausfordernd knurrte das kleine Hündchen den großen mordgierigen Wolf an. In der Ferne war ein schauriges Aufheulen zu hören. Der Wolf sprang zur Seite und jagte davon.
»Was war das?« stieß Mummel hervor.
Zitternd schmiegte sich der Collie an seinen Fuß.
»Wenn es das war – was ich glaube, daß es war –, dann ist es noch schlimmer als Wölfe!« antwortete er. »Hier ist er für mich der Herr des Schreckens! Ich fürchte ihn selbst bei Tageslicht, und hier kann ich mich überhaupt nicht verteidigen.«
Der entsetzliche Schrei hatte das ganze Moor erschauern lassen. Und jetzt war ein anderes Geräusch zu hören, ein Winseln, und nicht allzu weit entfernt.
»Ich fürchte, *er* hat den Jagdhund«, wisperte Dickory. »Und wenn du es so haben willst, führe ich dich jetzt zu ihm.«
Mit dem Bauch am Boden kroch er auf einen Hügel auf der Heide zu. Ein fahler Nebel hüllte ihn ein, und man konnte nur schlecht sehen. Mummel konnte nicht mit Sicherheit sagen, ob der Hügel groß, mittelgroß oder eher klein war. Er schien sich ständig zu verändern. Zweifellos war es ein lebendes Wesen. Als sie näher kamen, erhob es ein prächtiges Haupt; seine büscheligen Ohren zeichneten sich auf den flackernden Lichtern ab, die nun über das Moor zu tanzen begannen. Es ertönte ein Klang wie Donner –

oder wie das Schnurren eines Tigers. Aus dem Dunkel sprach eine Stimme:
»Bist du wahnsinnig, Mummel? Mit einem Ding hierherzukommen, das die Nacht fürchtet?«
»Grimbold!« rief der Junge und holte tief Atem.
Jetzt konnte er ihn deutlich sehen. Eine aus Ebenholz geschnitzte Sphinx, deren smaragdgrüne Augen leuchteten. Die Schwanzspitze, die hin und her schwang. Die gefalteten Pfoten – zwischen denen etwas kauerte. Ein kleines, weißes, winselndes Ding.

»Na schön, du kannst ihn mitnehmen«, sagte der Kater lässig.
Mummel ging hin und hob das kleine Geschöpf auf. Es war ein winziger weißer Jagdhund. Er leckte Mummels Kinn, und Mummel steckte ihn und Dickory in seine warme dunkelblaue Jacke, nahe an seinem Herzen. Die Hunde zitterten und winselten und leckten einander die Nasen.
»O Kater«, wandte sich der Junge an Grimbold, »warum jagst du ihnen solchen Schrecken ein?«
»Das tue ich gar nicht«, entgegnete Grimbold. »Sie sehen mich so im Nächtlichen Königreich, dem sie entsagt haben. Für sie verkörpere ich alles an Freiheit und Zauberkraft, das sie verloren haben. Wie kann man das auch nur gegen ein paar Knochen und eine gelegentliche Liebkosung eintauschen?«
Die Dunkelheit schien zu zersplittern, als er hoch über Mummels Kopf davonsprang und verschwand.
Der Junge ging den Weg zurück, den er gekommen war, über das schwarze Gras und die glitzernde Heide. Er trat in seine eigenen Fußstapfen, und sie waren grün und leuchteten. Und ringsum glitten, drohend aufragend, die Schatten dahin. Er wußte, daß es nur Schatten waren, aber die Hunde hörten nicht auf zu zittern und zu winseln.
Dann kam der Obstgarten und das unerwartete Erbeben der Erde. Der Junge hatte unabsichtlich ein schon vorhandenes Schlupfloch durchschritten. Einigermaßen erschöpft setzte er sich hin, und die beiden Hunde hüpften aus seiner Jacke und sprangen schweifwedelnd und mit strahlenden Augen um ihn herum.
»O Dickory«, sagte der Junge, »o Jagdhund.«
»Ich war ein Narr«, sagte der Jagdhund des Prinzen. »Ich dachte, ich hätte einen Löwen auf dem Berg gesehen, und jagte ihm nach.«
»Aber – was wäre gewesen, wenn du ihn erwischt hättest?«
»Ich habe gar nicht richtig nachgedacht. Ich wollte auf meinen Herrn Eindruck machen. Aber ich fiel durch eine Art Loch im Boden und – zack! – schon war ich *da drüben*!«
»Und dort wärst du auch geblieben, wenn Mummel dich nicht rausgeholt hätte«, sagte Dickory. »Und ich war so feige«, fügte er

in kläglichem Ton hinzu, »und so langsam – und immerzu habe ich gelogen und gewinselt. Ich schäme mich sehr.«
Mummel musterte die klugen Gesichter der beiden. Dann legte er einen Arm um jeden der zwei Hunde.
»Du«, sagte er zum Jagdhund, »bist ein furchtbares Risiko eingegangen, um deinem Herrn eine Freude zu bereiten. Und Dickory begleitete mich an einen Ort, den er mehr fürchtet, als Worte ausdrücken können – weil ich ihn brauchte. Ich finde, ihr seid die tapfersten Tiere, die ich kenne.«

Lied, in der Nacht zu singen

Ich wußte es, bevor ich dachte:
der Mensch ist langsam und auch schwach,
und darum jagt' und tötete ich ihn
und spürt' ihm ständig nach.
Er schrie und flüchtete, und ich
hatt' nur Verachtung für den Mann –
bis er mal einen Welpen zähmte;
da fing mein Schicksal an.
Ich fürchtete, was fürchten ich gelehrt;
ich lief, wenn er's befahl,
zu wachen über Haus und Schätze,
die Felder und das Vieh.
Zu hassen lernt' ich meine Art,
und oft ich sie
sah streifen über Berg und Tal
zu meiner Freud und Qual.
Er gab mir eine neue Seele
als Zahlung für die Freiheit, die er mir gestohlen,
doch manchmal gäb' ich gern sie wieder her,
könnt' ich dafür mir meine Freiheit wieder holen!
Und ruhelose Sehnsucht plagt mich,
höre ich Wind und Regen –

ein alter und verlorner Traum von Mordlust
beginnt sich dann zu regen;
dann nennt der Mensch mich toll oder auch schlechter Laune;
er lacht und streicht mir übers Fell,
und ich erinnere mich, wie er floh –
hört' er nur mein Gebell.
Die Seele, die halb menschlich ist, erwacht;
stark sind die Bande, die an ihn mich ketten.
Der Wolf, in mir besiegt, er faucht noch,
kann mich aber nicht mehr retten.

Neuntes Kapitel

Die großen Pferde

Mummel schlief und träumte, jemand würde ihn rufen. Er möge sich doch beeilen – beeilen – beeilen. Er würde dringend gebraucht. Mit einem Ruck setzte er sich auf. Und unmittelbar hinter ihm drängte immer noch eine Stimme:

»Mummel! Beeil dich! Wach auf – ich brauche dich!«

»Ach, du bist's, Grimbold!« sagte der Junge und blinzelte.

»Wen hast du denn erwartet um diese Zeit?«

Mummel warf seine Decke halb über ihn, aber Grimbold schoß darunter hervor, funkelte den Jungen grimmig an und schüttelte sich zornig.

»Keine Späße!« fuhr er ihn an. »Späße sind selbst im besten Fall gewöhnlich und unnötig, und jetzt – ach, zieh dich schon an! Es geht um Leben und Tod!«

Was immer es war, es schien ihn mehr zu ärgern als zu bekümmern, aber das war nun mal seine Art. Mummel kleidete sich rasch an.

»Wohin geht die Reise?« fragte er.

Wie ein schwarzer Blitz sauste Grimbold den Kamin hinauf.

»Wieder mal«, seufzte Mummel.

Diesmal brannte zwar kein Feuer im Kamin, aber die Ziegel waren so rußig und schwer zu erklettern wie eh und je. Nach Atem ringend, erreichte Mummel das Dach und wischte sich mit einer rußgeschwärzten Hand die Spinnweben aus seinem rußgeschwärzten Gesicht. Vom Kater war nichts zu sehen, und er antwortete auch nicht auf Mummels Rufe.

Er wird wohl im Garten warten, dachte der Junge. Am besten, ich rutsche wieder runter.

Und er rutschte über das steile Dach hinunter, wobei er ein mehr als zügiges Tempo vorlegte. Diesmal allerdings landete er nicht in der Regentonne, sondern in den Brennesseln.

»Psst!« zischte Grimbold, der auf dem Weg daneben hockte.

»Wie würde es *dir* wohl gefallen, in ...?«
»Psst!« wiederholte der Kater. »Wie kann ein Mensch nur so ungeschickt sein? Komm schon!«
Er spazierte den Ziegelpfad hinunter und bog in den Stallhof ein. Der Junge rieb sich seine verbrannten Beine und folgte ihm.
Bis auf eines sahen alle Pferde über ihre Halbtüren hinaus. Scheck, Senf und Maikönigin begrüßten sie mit leisem Wiehern.
»Hallo«, sagten sie. »Hallo, ihr beiden.«
»Scheck«, sagte Grimbold, »du und Falbe, heute nacht brauchen wir eure Kraft.«
»Falbe ist ziemlich am Ende«, bemerkte Scheck traurig.
Mummel spähte über die Halbtür einer anderen Box. Dort lag auf einem Haufen frischen Strohs das große Zugpferd. Falbe war ein Grauschimmel mit dunklerer Mähne und Schweif. Auf dem Hof, wo sie vor fünfunddreißig Jahren ausgelassen unter Butterblumen und Gänseblümchen herumgesprungen war, verbrachte die Stute ihren Lebensabend in Ruhe und Frieden. Sie war sanft und gehorsam und klug und wurde von allen geliebt. Aus den Schatten blickte sie zu dem Jungen auf und wieherte:
»Entschuldige, daß ich nicht aufstehe, mein Freund. Heute spüre ich mein Alter.«
»Ach, bist du krank?«
»Um Himmels willen, nein! Nur schläfrig. Als Simon heute abend sah, daß ich ein bißchen müde war, gab er mir eine Extralage Stroh – und eine Extraportion Zucker auch.«
»Na schön«, sagte Grimbold, »wenn das so ist, kann man es nicht ändern. Dann nehmen wir eben Senf und ...«
»Hab mir den Fuß verstaucht«, fiel Senf ihm bekümmert ins Wort. »Bin auf einem Maulwurfshügel ausgerutscht, und – pardauz, schon war es geschehen!«
»Arg verstaucht?« wollte Mummel wissen.
»Keine große Sache. Aber Simon meint, ich sollte nichts tun, bis die Schwellung nicht zurückgegangen ist. Aber ich komme mit, selbst wenn ich humpeln müßte. Der Teufel soll diese Maulwürfe holen!«
»Der Teufel soll *dich* holen, Senf!« fuhr der Kater ihn an. »Das

nenne ich wirklich ungeschickt! Gerade wenn wir den Stärksten brauchen ... Wir müssen Maikönigin nehmen.«
»Nehmt doch mich«, ließ sich Falbe aus ihrer Box vernehmen.
Die anderen verstummten.
»Seit Jahren tue ich nichts als mich ausruhen«, fuhr die große Stute fort. »Ich spaziere über die Felder, döse und träume vor mich hin und schlage mir den Bauch voll. Ich leiste nichts für meinen Unterhalt.«
Sie hörten, wieviel Mühe es sie kostete, auf die Beine zu kommen.
»Du hast in deinem Leben hart genug gearbeitet«, sagte Mummel. »Du hast dir deine Ruhe verdient!«
Die prächtige alte Stute schob den Kopf über die Halbtür, und der Junge legte seinen Hand zart an ihre Wange.
»Es würde mir guttun, wenn ich wieder jemandem nützlich sein könnte«, entgegnete sie sinnend.
Sie hob ihren Hals in einem stolzen Bogen. Und Grimbold sagte mit einer sonderbar gedämpften Stimme: »Ich kann das gut verstehen. Komm mit uns, Falbe.«
Mummel entriegelte die Tür, und das große Zugpferd trat in den mit Kopfsteinen gepflasterten Hof hinaus und sog die kalte Luft ein.
»Viele Jahre sind es her«, sagte sie.
Mummel öffnete auch Schecks Tür. Der Hengst trabte rasch auf Falbe zu und drückte seinen Kopf gegen ihren Hals.
»Das wird Spaß machen«, meinte er.
»Genau das wird es nicht«, entgegnete Grimbold. »Von Spaß kann bei unserem Vorhaben keine Rede sein. Mißerfolg bedeutet Tod – zumindest für einen von uns, wenn nicht für alle.«
Mit einem kühnen Satz sprang er auf Schecks breites Hinterteil, und das gefleckte Fell des Hengstes geriet in zuckende Bewegung.
»Du kitzelst mich«, beklagte sich Scheck.
Mummel ging neben Falbe zum offenen Hoftor. Ihre Hufe erzeugten wenig Geräusch, denn sie war unbeschlagen; jetzt, da ihr Leben zwischen Wiesen und Feldern ablief, brauchte sie keine harten

oder steinigen Straßen mehr zu fürchten. Der Junge kletterte auf den Zaun und von dort auf ihren Rücken.
»Viel Glück«, rief Senf. »Ich wünschte, ich könnte mit von der Partie sein.«
»Wohin geht eigentlich die Reise?« fragte Maikönigin.
»Durch das nächste Schlupfloch«, rief Grimbold zurück. »Dann geradeaus nach Norden und rechts ab.«
Falbe und Scheck trotteten bedächtig aus dem Hof. Zwischen den Scheunen kamen sie an der Katze Dulcie vorbei, die vor einem Mauseloch lauerte; Sternenlicht glitzerte in ihren Augen.
»Ich weiß, wo ihr hinwollt«, sagte sie.
»Kunststück«, bemerkte Grimbold. »Ich habe es dir ja erzählt.«
Eine Maus, die lange darauf gewartet hatte, daß Dulcies Aufmerksamkeit von etwas abgelenkt würde, schoß aus dem Loch und verschwand in einem Holzhaufen.
»Zu blöd!« ärgerte sich Dulcie.
»Geschieht dir recht«, bemerkte Grimbold. »Du solltest auf deine eigenen Angelegenheiten achten.«
Dulcie sah ihn böse an, wanderte zum Holzhaufen hinüber und ließ sich zu einer langen und nutzlosen Belagerung nieder.
Die Pferde schwenkten um die Ecke und duckten sich unter dem Ast einer großen Eiche. Mummel fühlte, daß sich die Luft veränderte.
Es war kalt geworden. Ein heftiger Wind hatte sich erhoben. Die Sterne waren jetzt riesengroß und so hell, daß ihr Licht in langen Strahlen zur Erde fiel. Die Muskeln in Falbes Hinterteil spannten sich, und sie sprangen mit solchem Schwung in die Luft, daß der Junge sich an ihrer Mähne festhalten mußte. Als er wieder zu Atem kam, sah er Scheck neben sich. Beide Pferde begannen nun weit ausholend über den Himmel zu galoppieren.
Scheck war wunderschön anzusehen. Schneeweiß wie schon einmal, glitzerten diamantenhelle Flecken in seiner Mähne. Seine Hufe blitzten, als wären seine Hufeisen aus reinem Silber. Und Grimbold, der auf seinem Rücken hockte, war ein schwarzer Leopard von magischem Zauber. Und Falbe ...?
Falbe hatte sich kaum verändert. Ihr Fell war immer noch grau,

und ihre dunkle Mähne flatterte im Wind. Nur da und dort auf ihren Schultern waren kleine, an Sterne erinnernde Tüpfel zu sehen. Sie schnaubte, und aus ihren Nüstern und von ihren Lippen sprühten Sterne und schwebten himmelwärts. Mummel folgte ihnen mit den Blicken.
»Oh!« rief er. »Seht euch den Mond an!«
Vor ihnen und hoch oben strahlte er unerträglich hell – und das an einer Stelle am Himmel, wo Mummel ihn noch nie zuvor gesehen hatte.
»Das ist der Polarstern«, korrigierte Grimbold.
Und das stimmte. Mummel sah die helle Linie, die die vom Schwanzende am weitesten entfernten Rückensterne des Großen Bären mit dem Nordstern verband. Als ein für alle Zeiten konstanter Kompaßpunkt strahlte er am Himmelsbogen und diente den Pferden, die nach Norden unterwegs waren, als Orientierung. Der Wind schlug ihnen heulend entgegen, und kleine Wolken blieben an ihren Hufen hängen.
Zu ihrer Rechten ragte der Berg auf, und Mummel bedeckte seine Augen vor dessen unirdischem Glanz. Und dann rief Grimbold:
»Jetzt – nach rechts!«
Die Pferde schwenkten elegant in östliche Richtung ab und nahmen ihren gestreckten Galopp wieder auf. Sie hatten den Berg umrundet. Mummel wurde sehr schläfrig. Sein Kopf fiel ihm auf die Brust.
»He, du!« rief der Kater. »Wenn du runterrutscht, können wir dir nicht helfen. Und der Weg hinunter ist lang. Und die Zeit wird knapp.«
Mummel war gleich wieder hellwach.
Kilometer um Kilometer zog die Erde unter ihnen vorbei. Wald und Flur und ein schlafendes Dorf; Wiesen und Moor und die hellen Spiegelbilder der Seen und Ströme. Bis auf einem Hügel eine Stadt auftauchte und in ihrer Mitte die Türme und Türmchen eines Schlosses.
»Die königliche Residenzstadt Ferrihill!« rief Grimbold triumphierend. »Und wir sind noch rechtzeitig gekommen! Noch ist der Mond nicht aufgegangen!«

In weitem Bogen schwebten die Pferde herab. Dann waren sie über der Stadt und flogen auf das Schloß zu.
»Langsamer!« zischte der Kater. »Immer weiter runter – aber langsam, sonst schießt ihr über das Ziel hinaus. Zur höchsten Bastei – dort!« Falbe hielt über der Mauerkrone an.
»Spring, Junge!« forderte der Kater Mummel auf.
»Vorsicht, Kind«, sagte Falbe, als der Junge sich nach der Seite drehte. »Wir sind hier so hoch über dem Erdboden.«
Das war richtig. Alles drehte sich vor Mummels Augen, als er auf den Steinboden der Bastei so tief unter ihm hinabblickte. Er hielt auf die Wehrplatte zu – und sprang zu kurz. Aber Falbe lehnte sich vor und gab Mummel einen sanften Schubs, so daß der Junge, sich überschlagend, auf einen flachen Teil des Daches fiel. Der große Kater folgte ihm und landete auf ihm.
»Verzeihung«, sagte Mummel und rappelte sich auf.
Grimbold ignorierte das und wandte sich an die aufmerksam lauschenden Pferde.
»Bewegt euch!« sagte er. »Denn Falbe könnte sonst steife Glieder bekommen. Kreist um den Turm und bereitet euch auf einen schnellen Abflug vor, wenn wir wiederkommen. Es könnte sein, daß wir verfolgt werden.«
»Paß auf den Jungen auf«, sagte Falbe.
Der Kater hetzte zu einem kleinen Steinturm in einer Ecke der Wehrplatte, und die Pferde flogen dem Nachthimmel entgegen, bis sie ihren Blicken entschwunden waren.
Kaum hatte der Junge ihn eingeholt, funkelte Grimbold ihn an.
»Trödle nicht herum!« fauchte er. »Öffne die Tür!«
Die schwere Eichentür knarrte auf rostigen Scharnieren, und dahinter lagen die ersten Stufen einer alten Treppe, die ins Dunkel hinabführte.
»Die Verliese befinden sich tief unter dem Kellergeschoß«, erläuterte Grimbold.
»So ist das also«, sagte Mummel. »Gareth steckt in einem Verlies, nicht wahr?«
Eine Pfote erhoben, verhielt der Kater, der gerade durch die Türöffnung schlüpfen wollte, den Schritt.

»Woher weißt du, daß wir seinetwegen da sind?« fragte Grimbold.
»Ich hab mir's gedacht«, antwortete der Junge. »Trödle nicht herum.«
Schweigsam lief Grimbold die Treppe hinunter.
Mummel brauchte sich seinen Weg nicht zu ertasten. Er hatte Licht. Es kam aus den Augen des Katers, fahlem Mondschein gleich, bis sie vor einer anderen Tür standen. Mummel legte seine Hand auf die Klinke, und das Licht erlosch.
»Wir sind soeben durch ein Schlupfloch gekommen«, sagte Grimbold. »Wir befinden uns wieder in der Welt der Menschen.«
Sehr vorsichtig stieß Mummel die Tür auf. Durch den Spalt kam der Schein einer Lampe und das Schimmern von Rüstungen. Man hörte Männerstimmen. »Eine finstere Nacht«, sagte einer. »Es wäre langsam Zeit, daß man uns ablöst. Ich wollte, wir wären bei der nächsten Wache dabei! Die werden ihren Spaß haben.«
»Spaß nennst du das!« ließ sich ein anderer vernehmen. »Mir tut der Bursche leid.«
»Was sagst du da? Nachdem er die Königin zum Weinen gebracht hat – vor allen Leuten noch dazu? Er sollte seine Strafe zehnmal erleiden!«
»Wie sollte er denn zehnmal sterben?«
Ihre Stimmen, das Klirren ihrer Rüstungen und ihre schweren Schritte verstummten, als sie sich entfernten.
Mummel blickte in einen von Steinmauern eingefaßten Gang, der von einer qualmenden Öllampe erhellt wurde. Die Soldaten verschwanden gerade über eine Treppe am anderen Ende des Ganges. Der Junge und der Kater folgten ihnen, achteten aber darauf, sie nicht einzuholen.
Am Fuß der nächsten Treppe gelangten sie in einen breiteren Gang; er war mit Teppichen ausgelegt, und in silbernen Wandhaltern brannten Kerzen. In Abständen gab es Eichentüren mit wunderschönen Beschlägen und Klinken. Und jetzt verschwanden die zwei Soldaten abermals und stiegen eine weitere Treppe hinab. Wieder folgten ihnen Mummel und Grimbold. Als sie an einer geschlossenen Tür vorbeikamen, verhielt Mummel den Schritt.

»Komm weiter!« zischte Grimbold.
»Drinnen weint jemand.«
»Dafür haben wir jetzt keine Zeit.«
»Ich muß hinein!«
So groß war sein Verlangen, zu erfahren, wer da drinnen weinte, daß er die Tür aufstieß. Grimbold schlüpfte hinein und versteckte sich hinter einem Wandteppich. Mummel aber blieb stehen und starrte die Königin an.
Sie hob den Kopf, schluckte ein Schluchzen hinunter und musterte ihn.
Sie sah einen barfüßigen Jungen in einer Schaffelljacke mit blondem Haar und grauen Augen und einem sanften, rußgeschwärzten Gesicht.
Er sah eine wunderschöne Dame. Ihr schwarzes Haar reichte bis zu den Schultern, und sie lag auf einem Bett mit goldenen Pfosten, Seidenvorhängen und bestickten Samttapisserien und Kissen. Ihr karminrotes Kleid war mit Edelsteinen besetzt, und auf dem Fußboden lag eine Krone. Ihre Augen, grau wie die seinen, schwammen in Tränen.
»Ich bin die Königin«, sagte sie stolz.
»Das sieht man sofort«, erwiderte Mummel.
»Wie kannst du es wagen, hier hereinzukommen?«
»Ich hörte Euch weinen.«
»Nun, dann geh wieder! Nein! Du siehst ... oh, du siehst aus wie jemand – wer? Jemand, den ich kannte? Wie heißt du?« fragte die Königin zerstreut.
»Mummel, gnädige Frau. Ich bin ein Ziegenhirt, und ich lebe mit Mutter Meg und Vater Simon auf einem Hof.«
Die Königin seufzte herzzerreißend und legte die Hand vor die Augen.
»Oh ... ich dachte nur gerade ...«
»Seid doch nicht so traurig«, bat Mummel. »Was gibt es denn? Was ist Euch widerfahren?«
Sie lächelte bitter.
»Nichts. Nichts, was ein Kind verstehen würde.«
»Ich könnte es versuchen, gnädige Frau.«

»Und ich könnte die Wache rufen und dich hinauswerfen lassen«, sagte die Dame, »aber etwas hält mich davon ab. Höre ... hier wurde ein großes Turnier abgehalten ...« Ihre Stimme schwankte, aber sie zwang sich weiterzusprechen.
»Ich schickte alle Ritter auf die Suche nach der Blume, die ich mir mehr als alles andere auf der Welt wünschte. Der Name der Blume war ein Geheimnis, das nur ich kannte. Die Leute sprachen nur von der ›Blume der Königin‹. Denn ich bin die Königin von Ferrihill – die Königin des Turniers – die Königin der Liebe und der Schönheit.«
Wieder rollten ihr Tränen über die Wangen, und sie wischte sie weg. Mummel ging näher auf sie zu, denn ihr Kummer griff ihm ans Herz.
»Du wirst lachen, Junge«, sagte sie. »Oh, wie du mich auslachen wirst! Die meisten Ritter gaben die Suche sehr bald auf – ach, zu bald! Früher einmal hätten sie ...« Sie unterbrach sich und holte tief Atem. »Andere kamen mit Lilien an, mit Akeleien und ...«
»Keiner brachte die richtige Blume?«
»Ich bin doch nicht so alt!« rief sie. »Noch nicht so alt und häß-

lich! Ich habe ein paar weiße Haare an den Schläfen und ein paar Fältchen um die Augen, aber – ich bin doch gewiß noch jung genug, um mir Frühlingsblumen zu wünschen!«
Noch mehr Tränen flossen. Und Mummel nahm ihre Hand in die seine und hielt sie fest.
»Frühlingsblumen sind hübsch«, sagte er in ernstem Ton. »Aber die anderen sind auch schön. Wenn ich für Euch wählen dürfte, es würde die Rose sein. Halb offen, nach Honig duftend – die süßeste Rose im Garten.«
Sie entzog ihm ihre Hand.
»Oh, hört mir zu«, flehte der Junge. »Auch wenn der Frühling schon vorüber ist, so kommt doch noch so vieles nach. Wenn Ihr immer um die Jugend des Jahres trauert, könntet Ihr seine volle Blüte versäumen.«
Es entstand ein langes Schweigen. Sie drehte ein wenig den Kopf herum und seufzte. Dann antwortete sie langsam:
»Das hat mir auch der König gesagt. Ich dachte, er redete Unsinn – aber bei dir ergeben diese Worte einen Sinn. Doch selbst wenn das wahr ist, was du da erzählst, was kommt nach der Zeit der Rosen, was kommt dann, Kind?«
»Das goldene Korn«, antwortete Mummel. »Mit den vielen Mohnblumen. Dann die roten Edelsteine der Stechginsterbeeren, die Christrosen – die Perlen der Mistel...«
»Und dann? Und dann? Wagst du es, deine Parabel fortzuspinnen? Was kommt nach dem Winter?«
»Vielleicht die Hoffnung auf einen neuen Frühling.«
Wieder fiel Schweigen über den hellen Raum und über die ernsten Gesichter des Jungen und der Frau, die einander ansahen. Dann erhob sich die Königin, und die feinen Strähnen des weißen Haares an ihren Schläfen schimmerten im Kerzenlicht.
»Gib mir meine Krone«, befahl sie.
Mummel hob die Krone auf, und die Königin nahm sie in beide Hände. Wieder musterte sie ihn über die Edelsteine hinweg.
»Mein lieber Junge«, sagte sie, »liebes Kind, du hast mir etwas zurückgegeben, was für mich kostbarer ist als diese Krone. Etwas, von dem ich glaubte, ich hätte es für immer verloren.«

Den Bruchteil einer Sekunde lang malte sich wieder Schmerz auf ihren lieblichen Zügen.
»Wenn ich doch nur alles zurückbekommen könnte, was ich verloren habe!« stöhnte sie. Dann beruhigte sie sich.
»Nein«, meinte sie, »es gibt Dinge, die vergessen bleiben müssen. Es ist zu lange her ... liegt schon zu weit zurück. Sag mir«, wechselte sie energisch das Thema, »was würdest du dir mehr als alles in der Welt wünschen?«
»Das wäre Gareth«, antwortete Mummel. »Wenn ich Gareth wiederhaben könnte ...«
»Wer ist das?«
»Er ist ... jemand, den ich kenne«, sagte Mummel vorsichtig. »Höflichkeit ist nicht seine stärkste Seite, und er verärgert viele Leute. Es ist nicht allein seine Schuld. Er kommt von ... von anderswo her. Und er hat einen Vater. Ich glaube, er ist jetzt hier – in einem Verlies. Und wenn der Mond aufgeht, wird etwas mit ihm geschehen ...«
»Dieser Schurke!« rief die Königin.
»Ja ... vermutlich.«
»Dieser Bösewicht! Dieses Monster!«
»Hm ... sehr wahrscheinlich.«
»Der mich vor dem ganzen Hof verspottet hat. Meine Blume, sagte er, wäre eine Teichrose, die nichts anderes zu tun hat, als sich im Spiegel zu bewundern!«
»Manchmal redet er dummes Zeug«, bemerkte Mummel entschuldigend.
»Das wird er nie wieder tun«, erklärte die Königin. »Bei Mondaufgang stirbt er!«
»O bitte nein! Bitte laßt es nicht geschehen!«
»Ich selbst habe es befohlen«, entgegnete sie.
Dann schritt sie zu einem goldenen Tisch hinüber, ergriff einen weißen Federkiel und schrieb etwas auf ein Blatt Pergament. Sie drehte sich um, sah den Jungen an, und ihr Lächeln erhellte den ganzen Raum.
»Hier ist ein anderer Befehl«, sagte sie, »mit dem ich seinen Pardon und seine Freilassung verfüge. Seine Worte waren grausam

und unentschuldbar! Und äußerst rüde! Ich werde sie ihm nie verzeihen, aber dir zuliebe will ich ihm seine Strafe erlassen.«
Sie gab dem Jungen das Pergament, und als er den Kopf senkte, um ihr die Hand zu küssen, beugte auch sie sich vor, rasch wie ein Vogel, und küßte ihn statt dessen auf die Wange.
»Deine Augen ...« sagte sie. »Warst du immer schon Ziegenhirt?«
»Also ... eigentlich ...«
Sie wurden unterbrochen. Grimbold war mitten ins Zimmer gesprungen und stieß einen langgezogenen Schrei aus.
»Du lieber Himmel!« rief die Königin.
»Das ... das ist mein Kater«, sagte Mummel entschuldigend. »Er will, daß ich mich beeile ...«
»Da hat er recht«, meinte die Dame, »denn schon bald geht der Mond auf, und der König selbst wird das Urteil über deinen Gareth vollstrecken. Du mußt als erster im Verlies sein, denn er ist sehr zornig und könnte diese Begnadigung für null und nichtig erklären.«
Mit Grimbold wie ein schwarzer Schatten an seiner Seite, machte sich Mummel eiligst auf den Weg.
Die Königin blickte lange in ihren Spiegel. Sie berührte das Haar an ihrer Schläfe.
Wahrhaftig, fragte sie sich, warum sollte eine Rose den Wunsch haben, eine Primel zu sein? Weder die eine noch die andere werden je wieder eine Knospe neben sich aufblühen sehen.
Die Treppe, die ins Verlies hinunterführte, troff vor Nässe. An den dunklen und brüchigen Mauern hatte sich Moos angesetzt. Mummel schauderte vor dem kalten, dumpfen Geruch zurück, der ihm wie ein Nebel entgegenschlug. Sich vorsichtig weitertastend, kam er nur langsam voran, denn von tief unten schimmerte nur ein trüber Lichtschein, aber endlich stand er in einem niedrigen Gang, der in den Felsen gehauen worden war, auf dem der Palast stand. Zu beiden Seiten gab es Türen – viele mit Eisen vergitterte und mit schweren Schlössern versehene Eichentüren. Eine Laterne verbreitete ein schwaches Licht. Und nun sprang Grimbold voraus.

An Pfützen vorbei lief er auf die Tür am anderen Ende des Ganges zu. Als Mummel ihn eingeholt hatte, nahm der Kater einen Anlauf und sprang auf seine Schulter. Gemeinsam spähten sie durch ein eisernes Gitterfenster und konnten ausmachen, was in dem Verlies vor sich ging.
Sie sahen zwei Soldaten, von denen einer sich auf seinen Speer stützte und eine eiserne Laterne in der Hand hielt. Es waren vierschrötige Männer mit Brustharnischen und Lederhelmen, und sie schienen nicht in bester Laune zu sein.
»Sei doch guten Mutes«, sagte der eine in eher gehässigem Ton. »Bald wirst du keine Sorgen mehr haben.«
Stille folgte auf diese Bemerkung; dann brach der andere Soldat in ein hämisches Lachen aus.
»Hast wohl die Sprache verloren, mein Junge«, spottete er. »Na, das ist eine nette Abwechslung, das kann man wohl behaupten. Jetzt verlier bloß nicht auch noch die Nerven, du wirst sie bald brauchen. Laß uns doch noch ein paar von deinen Witzchen und Sticheleien hören! Nenn uns doch noch mal Tölpel und Ochsen! Lach uns aus, weil wir einfache, aufrechte Männer sind und der Königin treu ergeben!«
Grimbold wisperte Mummel ins Ohr:
»Würde ihm recht geschehen, wenn er die Suppe, die er sich eingebrockt hat, auch auslöffeln müßte. Gut, daß du diesen Pardon hast. Ich hatte nicht damit gerechnet, daß er so streng bewacht wird.«
Dann sprang er wieder herunter, legte seine Pfote an die Tür zum Verlies, und Mummel drückte sie auf.
Rasch wandten sich die Soldaten um, und der Mann mit dem Speer richtete die Waffe gegen Mummel. Doch als sie sahen, daß es nur ein Knabe und ein Kater waren, beruhigten sie sich wieder.
»Was willst du hier?« fragte einer der Soldaten.
Mummel reichte ihm das Dokument.
Er beäugte es mit ausdruckslosem Gesicht und gab es dann an seinen Kameraden weiter. Der fing nun an, mühsam, Buchstabe für Buchstabe, zu lesen. Während er damit beschäftigt war, blickte

Mummel zur anderen Seite des Verlieses hinüber. Er brauchte eine kleine Weile, um sicher zu sein, daß es wirklich Gareth war, der dort saß, an die Mauer gelehnt, mit Ketten an Händen und Füßen, und den Kopf so gesenkt, daß das Haar ihm über das Gesicht fiel; trotzdem konnte man sehen, daß er eine bläulich verfärbte Schramme an der Wange und eine aufgerissene Lippe hatte. Der Sohn des Zauberers war nicht in bester Verfassung. Er blickte nicht einmal auf.
»Wo hast du denn das her?« fragte der ältere Soldat.
»Von der Königin persönlich«, antwortete Mummel.
»Da schlag doch einer lang hin!« rief der Mann. »Das ist aber sehr edel von Ihrer Majestät!«
»Läßt sie ihn laufen?« fragte der andere.
»Bedauerlicherweise ja! Das verdient er gar nicht!«
Der ältere Mann nahm einige Schlüssel von einem Ring an seinem Gürtel und schloß die Ketten auf. Dann packte er Gareth am Arm, zerrte ihn hoch und gab ihm einen derben Stoß auf die Tür zu. Mummel sprang vor, und nur ein schnelles Zugreifen bewahrte den Gefangenen vor einem Sturz. Mit einer Hand hielt er sich am Türpfosten, mit der anderen an dem Jungen fest.
»Wo du mich überall aufstöberst«, murmelte er.
»Nimm das lieber mit«, sagte ein Soldat spöttisch, »oder du findest dich an einem anderen Ort, wenn der Mond aufgeht.«
Er drückte Gareth das Pergament in die Hand, doch der ließ es zu Boden flattern. Mummel hob es auf, nahm den Sohn des Zauberers am Arm und führte ihn aus dem Verlies.
Durch den ganzen Palast lief Grimbold ihnen voran und zeigte ihnen den Weg, ohne sich auch nur einmal zu irren. Dreimal, in Wachstuben und Gängen, mußte Mummel das Dokument verschiedenen Soldaten vorweisen, und die Männer sahen die Unterschrift der Königin, stießen überrascht einen Pfiff aus und ließen sie passieren. Aber das dauerte alles seine Zeit, denn Gareth schien todmüde zu sein und völlig von Kräften.
Plötzlich blieb er stehen und lehnte sich gegen eine Wand, so als ob er für immer an dieser Stelle bleiben wollte.
»Ach, laßt mich doch in Frieden«, stieß er hervor. »Früher oder

später gehe ich in dieser ekligen Welt sowieso vor die Hunde – also lieber früher als später!«
»Sei nicht so dumm«, gab Mummel zurück. Seine eigene Kühnheit überraschte ihn. »Es zeugt nicht gerade von großem Mut, so schnell aufzugeben.«
»Wem macht das schon was aus?«
»Mir! Und Grimbold!«
Ein zitterndes Lachen kam über Gareths Lippen.
»Meine einzigen Verbündeten«, spöttelte er.
Aber er ging mit ihnen weiter, trottete mit gesenktem Kopf dahin und erhob keine Einwände mehr.
Mummel fühlte sich sehr erleichtert, als sie schließlich zu einer Tür kamen, die er wiedererkannte; sie führte zu einer halbzerstörten Treppe, die nicht mehr verwendet wurde. Als er den Fuß auf die erste Stufe setzte, erbebte die Erde. Grimbold war plötzlich wieder der Leopard der Nachtwelt, und helles Licht strahlte aus seinen Augen. Der Junge, der nun auch Müdigkeit verspürte, fing an, sich schneller zu bewegen, denn er wußte, daß sie die Gefahren des Schlosses schon fast hinter sich hatten.
Er hörte hinter sich die Tür zufallen, und dann stolperte Gareth und murmelte:
»So dunkel! Wo sind wir?«
»Dunkel?« wiederholte Mummel.
Grimbold kicherte leise.
»Du hast vergessen, daß Gareth nicht mehr durch die Schlupflöcher kann. Sie sind ihm verschlossen. Er befindet sich immer noch auf einer stockdunklen Treppe.«
»Wie soll er dann die Pferde reiten? Sie warten ja in der Nachtwelt auf uns.«
»Über diese Brücke gehen wir erst, wenn wir zum Fluß kommen.«
Voller Unbehagen sah Mummel sich immer wieder um. Es war sonderbar zu sehen, wie Gareth sich über die halbzerstörte Treppe hinauftastete.
»Hier«, sagte der Junge, »nimm meine Hand!«
Dann begriff er, daß der Sohn des Zauberers ihn nicht mehr hören

konnte. Im selben Moment merkte das auch Gareth. Er blieb stehen und lauschte.
»Grimbold!« rief er. »Wo steckst du?«
Und dann, mit Verzweiflung in der Stimme:
»Mummel – seid ihr einfach weitergegangen und habt mich zurückgelassen?«
Wieder lauschte er. Der Ausdruck auf seinem Gesicht zerbrach. Er biß sich auf die Lippen.
»Wir sind da!« rief Mummel. »O Grimbold, sag ihm, daß wir noch da sind.«
»Hat keinen Zweck«, versetzte der Kater schroff.
Und nun, da er sich verlassen wähnte, versuchte Gareth gar nicht mehr, seine Verzweiflung zu verbergen. Mit Entsetzen sah Mummel Tränen aus seinen goldenen Augen quellen. Der Sohn des Zauberers schlug die Hände vors Gesicht und sprach mit erstickter Stimme:
»Sie sind durch das Schlupfloch! Sie haben vergessen, daß ich nicht hindurch kann. Und *er* hinderte sie daran, zu mir zurückzukommen! Aber ich bleibe nicht hier in der Finsternis – ich gehe zu den Soldaten zurück. Wenn sie wollen, sollen sie mich töten!«
Er begann, die Treppe wieder hinunterzustolpern. Grimbold beobachtete ihn mißbilligend.
»Was macht er denn nun wieder?« fauchte er.
»Er glaubt, wir haben ihn allein gelassen.«
»Der Teufel soll ihn holen«, sagte der Kater. »Ich wollte warten, bis er auf dem Dach ist – aber wenn er jetzt Unsinn macht ...«
Er sprang an Mummel vorbei und war mit zwei Sätzen am Fuß der Treppe. Er wandte sich um, seine grünen Augen funkelten, und zu Mummels Erstaunen wurde er plötzlich zweimal so groß wie eben noch, so groß wie ein ausgewachsener Tiger. Instinktiv sprang Mummel zurück und setzte sich mit einem Bums auf sein Hinterteil.
»Wenn du dir wieder einen Knöchel verstaucht hast ...« zischte der Riesenkater.
Hastig versicherte ihm der Junge, daß nichts passiert war.
Gareth tastete jetzt nach der Türklinke. Er sah zum Erbarmen übel

aus und schnappte so verzweifelt nach Luft, daß es sich wie Schluchzen anhörte. Grimbold aber hob eine riesenhafte Pranke und schlug zu. Wie vom Blitz getroffen stürzte Gareth zu Boden. Er blieb reglos liegen.
»Du hast ihn getötet!« flüsterte Mummel entsetzt.
»Unsinn!« fauchte der Kater. »Ich habe ihm nur eins auf den Deckel gegeben. Für eine Weile wird er weggetreten sein. Wenn wir ihn weit genug von hier bekommen, bevor er wieder zu sich kommt, könnten wir ihn noch retten.«
Er nahm Gareth in sein großes Maul und jagte, ohne sich viel aus seiner Last zu machen, mit gewaltigen Sprüngen die Treppe hinauf.
Mummel, der nicht mehr so recht an einen Erfolg glaubte, folgte ihm zögernd.
Sie erreichten die Tür, die auf die Wehrplatte führte, und strahlendes Sternenlicht empfing sie. Doch aus dem Burghof tief unten erschollen plötzlich wilde Schreie.
Mummel blickte über die Zinne. Unten sah es aus wie in einem aufgescheuchten Ameisenhaufen. Soldaten und Diener liefen aufgeregt hin und her, und einige ihrer Worte waren selbst auf dem höchsten Turm des Schlosses noch deutlich zu verstehen. Mummel, der sie hörte, war entsetzt.
»Wo sind sie hin?«
»Sucht sie! Haltet sie auf! Der König befiehlt...!«
»Aber die Königin hat ihn pardonniert...«
»Pardon aufgehoben! Der König befiehlt...«
»Sie können nicht weit sein. Durchsucht die Umgebung!«
»Es bleibt bei dem Urteil!«
»Der König befiehlt!«
Am Horizont wurde es hell, als der Mond seinen Aufgang vorbereitete.
Mit dem Wind kam ein Wiehern – ein Wehen fließender Mähnen – die stampfenden Hufe lufttretender Pferde.
Grimbold ließ Gareth unbekümmert auf das Dach plumpsen.
»Kommt nahe heran«, sagte er zu den Pferden. »Du als erste, Falbe. Mach dich bereit, Mummel, und sei vorsichtig.«

Die Stute schwenkte einmal herum und kam so nah, daß sie einmal an den Stein anstreifte. Sie hielt still und trat die Luft, als ob es Wasser wäre und sie schwämme. Mummel tat nur einen Schritt, und schon im nächsten Augenblick hatte Falbe den Jungen auf dem Rücken; während sie zur Seite lenkte, hielt er sich an ihrer Mähne fest.
Dann war die Reihe an Scheck, und er verfuhr in der gleichen Weise. Als er sich neben dem Turm befand, packte Grimbold Gareth mit den Zähnen und sprang. Er landete wuchtig, und das große Pferd sank einen Meter tiefer.
»Du hast wohl zugenommen«, meinte Scheck.
Er kam wieder auf Falbes Höhe hinauf, und die zwei Pferde begannen zu treten. Dann fielen sie in einen kurzen, leichten Galopp. Tief unter ihnen konnte Mummel das wilde Getümmel rund um das Schloß beobachten. Reitertrupps sprengten durch das Haupttor und bildeten kleine Patrouillen, die sich in der Umgebung zerstreuten, Männer mit Fackeln streiften durch die Höfe und Gärten. Fackeln – Schwerter – Speere. Männer, die eine großangelegte Suchaktion unternahmen.
»Schneller!« rief Grimbold.
Er hatte Gareths schlaffen Körper über den Rücken des Pferdes fallen lassen und hielt ihn dort mit einer Pfote fest.
»Wir müssen den Hof noch vor den Männern des Königs erreichen«, erklärte er die Eile. »Gareth muß irgendwo gut versteckt werden, und niemand darf auf die Idee kommen, Mummel hätte etwas mit der Geschichte zu tun. Noch schneller! – Denn wenn Gareth zu Bewußtsein kommt, stürzt er ab. In der Menschenwelt kann er keine fliegenden Pferde reiten!«
»Oh!« machte Mummel. »Aber wenn er... wenn er aus der Nachtwelt in die andere stürzt – würde das seinen Tod bedeuten?«
»Darüber möchte ich mich jetzt nicht äußern«, erwiderte der Kater. »Zu kompliziert. Aber glaub mir: Er ist besser aufgehoben, wo er jetzt ist. Denn ob tot oder lebendig, wenn er abstürzt, schnappen ihn die Soldaten!«
Die Pferde galoppierten schneller.

Aber Falbe war müde. Schaum flockte von ihrem Maul, und sie keuchte. Aber sie gab nicht auf. Kilometer um Kilometer zog die Erde unter ihren Hufen vorbei, und die großen Pferde behielten den Galopp bei.
»Zum Berg!« rief Grimbold plötzlich. »Wir müssen über den Gipfel! So geht's schneller.«
»Nein! Falbe schafft das nicht«, protestierte der Junge.
»Ich kann es versuchen«, keuchte die Stute.
Als der Berg in Sicht kam, hielten die Pferde darauf zu. Höher und höher schwangen sich die Hänge, und die großen Tiere taten es ihnen gleich. Unter ihnen zogen Wolken vorbei, und sie ließen sie unter sich und stiegen noch höher auf. Die Luft wurde dünner, und das Atmen fiel ihnen schwer. Und Falbe schwankte ein wenig.
Das Gleißen der Gletscher zwang Mummel, die Augen fest zu schließen. Er hatte große Angst. Er wußte, daß die Stute ihre Kraft bis zum äußersten anspannte, und wagte nicht sich vorzustellen, was geschehen würde, wenn sie abstürzte. Was würde aus einem verbrauchten alten Gaul auf den zerklüfteten Felsen des Gebirges werden – in welcher Welt immer? Falbe mußte schnellstens in ihren Stall zurück, sich dort niederlegen und ausruhen.
Aufwärts und aufwärts und immer noch höher ging es. Es war kein Galopp mehr, nur mehr ein mühsamer Trott. Es schien, als würden sie den Gipfel nie erreichen.
Aber sie erreichten ihn.
Falbe setzte einen müden Huf auf die Bergspitze und ließ ihren Abdruck für immer im Schnee, der nie schmelzen würde.
Sie wurden ein wenig schneller, als sie anfingen, auf der anderen Seite ins Tal zurückzukehren. Ein Traben, ein kurzer Galopp durch die vom Mond erhellte Luft.
»Sie kommen!« rief Grimbold. »Seht nur, da!«
Und nun sah auch Mummel – immer noch in einiger Entfernung – die kleine Reiterschar, die auf das Dorf zustürmte.
»Wir sind eben nur Zugpferde – wir waren nicht schnell genug«, keuchte Scheck atemlos in der dünnen Luft.
»Das ist die Eliteeinheit der königlichen Garde mit ihren Streitros-

sen«, sagte der Kater grimmig. »Die schnellsten von allen. Prinz Jeffrey führt sie an.«
»Ich habe ihn kennengelernt«, sagte Mummel hoffnungsfroh. »Er ist sehr nett.«
»Aber schlau«, entgegnete Grimbold. »Wir haben keine Zeit mehr, Gareth auf den Hof zu bringen. Wir müssen ihn auf dem Berg zurücklassen – wenn das möglich ist.«
Und fast wäre es ihnen nicht geglückt.
Die Pferde kreisten und suchten nach einem ebenen Stück Boden, wie klein auch immer. Diese zusätzliche Anstrengung machte Falbe arg zu schaffen, aber sie beklagte sich nicht. Auch Scheck erwähnte mit keinem Wort die Gefahr, sich auf diesen zerklüfteten eisigen Felsen ein Bein zu brechen. Wenn ihm so etwas zustieße, würde er nicht mehr weiterkönnen und hier bis zu seinem Ende liegenbleiben müssen. Außer Grimbold wußte einen passenden Zauberspruch. Worauf sich mit Sicherheit auch der Zauberer einfinden würde, was für Gareth katastrophale Folgen haben würde.
Es war Scheck selbst, der das kleine Plätzchen zwischen zwei Felsspalten fand, wo der Schnee geschmolzen war und der Boden nicht zu steil abfiel.
»Halt dich fest«, wieherte das Pferd.
Es fiel wie ein Stein auf die Felsplatte und landete auf allen vier Hufen gleichzeitig.
Grimbold hob die Pfote, mit der er Gareth festgehalten hatte, und ließ ihn unbekümmert auf den schmalen Sims hinunterrollen, wo er wie eine Gliederpuppe liegenblieb. Dann bewegte sich der junge Mann, schlug die Augen auf und sah sich verwirrt um. Scheck sprang wieder in die Luft, und sie ließen den Sohn des Zauberers zwischen den eisigen Spitzen des Berges zurück, wo er allein sehen mußte, wie er zurechtkam. Sie hatten keine andere Wahl. Sie befanden sich in zwei verschiedenen Welten.
Falbe war völlig erschöpft. Sie taumelte von einer Seite zur anderen, sackte unvermittelt einige Meter ab und erholte sich nur sehr langsam. Aber immer noch durcheilte sie die Luft. Nie gebrach es ihr an Mut, nie an Geduld.

Sie kamen zu den Vorbergen und dann zu den flacheren Hängen und gingen schließlich auf dem Karrenweg nieder, der zum Hof führte. Die Stute stolperte und entschuldigte sich.
»Mach's dir nicht so schwer, liebe Falbe«, sagte Grimbold in ungewohnt zärtlichem Ton. »Jetzt brauchen wir uns nicht mehr zu beeilen.«
Gemächlich wanderten sie zum Hof zurück. Beim Tor stand eine Schar von Reitern, die ihre schaumbedeckten Pferde am Zügel hielten.
»Werden diese Menschen uns nicht sehen, wenn wir durch das Schlupfloch kommen?« sorgte sich Mummel.
»Die Menschen trauen ihren eigenen Augen nicht«, beruhigte ihn Grimbold.
Und das war auch in diesem Fall nicht anders. Obwohl die Männer stutzten und zwinkerten, meinte jeder, er hätte einen Augenblick lang geschlafen. Keiner erwähnte auch nur die sonderbare Tatsache, daß da plötzlich zwei große Pferde aus dem Nichts und aus dem Nebel gekommen waren, wo es gar keinen Nebel gab. Eben noch waren keine Pferde da gewesen, und jetzt kamen zwei daher, das eine mit einem Jungen, das andere mit einem Kater auf dem Rücken.
»Wer bist du?« schrie ein Sergeant ein wenig grob, um seinen Schock zu überspielen.
Prinz Jeffrey kam auf einem lebhaften schwarzen Hengst um die Scheune herum und auf sie zugeritten.
»Noch mal hallo, Mummel«, sagte er. »Und womit hast du dir jetzt die Zeit vertrieben?«
»Wir sind spazierengeritten«, antwortete der Junge.
»Aber diese alte Dame ist erschöpft«, bemerkte der Prinz. »Es wundert mich, daß du sie so hart arbeiten hast lassen.«
»Sie wollte es so«, sagte der Junge.
Es trat eine längere Pause ein. Die Pferde des Königs stampften und wieherten; die Neugierde plagte sie, und sie stellten viele Fragen. Scheck riet ihnen, sich um ihre eigenen Angelegenheiten zu kümmern, und sie schüttelten hochmütig ihre Mähnen. Sie könnten den Soldaten einiges erzählen, meinten sie, wenn sie nur woll-

ten. Und Scheck antwortete, das sollten sie ruhig tun, wenn sie klug genug wären, mit ihnen zu reden. Der Bruder des Königs saß ganz still auf seinem Hengst, legte die Stirn in Falten und knabberte an einem losen Faden seines Handschuhs. Seine Augen ruhten ohne Unterlaß auf Mummels Gesicht. Endlich kam er zu einem Schluß:

»Es ist einfach unmöglich«, begann er. »Ein Junge und ein schwarzer Kater, sagten die Kerkermeister. Die Königin lächelt und weint, gibt aber keinen Grund an, warum sie den Pardon unterzeichnet, und sie verrät nicht, wem sie das Dokument übergeben hat. Ein Junge und ein Kater! Der Beschreibung nach glaubte ich den Jungen zu kennen, aber es ist nicht möglich. Wir sind wie der Teufel geritten, um den Gefangenen des Königs zurückzuholen – und du, Mummel, bist schon da. Du kannst also nicht im Palast gewesen sein, außer du kannst dich in einen Vogel verwandeln. Oder diese Pferde können fliegen!«

Er lachte über seinen Scherz. Und seine Männer lachten mit. Und alle Pferde wieherten, denn sie wußten, daß es kein Scherz, sondern die Wahrheit war.

»Bring diese zwei jetzt in den Stall«, sagte Jeffrey zu dem Jungen. »Ich werde deinen Eltern nicht verraten, daß ich dich heute nacht gesehen habe. Denn ich bin fast sicher« – und er streifte Mummel mit einem scharfen Blick –, »daß du nichts Unrechtes getan hast.«

Die großen Pferde spazierten gemächlich zum Stallhof hinüber. Scheck ging in seine Box und fing an, den Rest seines Abendessens zu verzehren. Und Falbe stand ganz still, während Mummel sie mit mehreren Handvoll Stroh abrieb und ihr den Kopf mit einem feuchten Tuch abwischte. Dann legte sie sich nieder, langsam und ruckweise, seufzte und sah den Jungen liebevoll an.

»Du bist das tapferste Pferd, das ich kenne«, sagte er, »und das kräftigste. Kein anderes hätte geschafft, was du heute vollbracht hast. Schlaf gut, Falbe. Gute Nacht.«

Er fand etwas Zucker in seiner Tasche; mit weichen Lippen knabberte sie daran.

»Ich danke dir dafür, daß ich helfen durfte«, sagte sie. »Etwas

Besseres hätte ich mir gar nicht wünschen können. Ich werde gut schlafen. Gute Nacht, lieber Junge.«
Der Junge machte sich daran, Scheck abzureiben und auch ihm zu danken. Dann überließ er es ihm, Maikönigin und Senf über die Ereignisse der Nacht zu informieren, und kletterte übers Dach und den Kamin hinunter in seine Kammer. Grimbold hatte schon längst das Weite gesucht und war vermutlich auf den Berg zurückgekehrt.
Mummels Überraschung war groß, als er am nächsten Morgen den Prinzen mit Meg und Simon beim Frühstück vorfand.
»Ich werde ein bißchen hier in der Gegend jagen«, sagte Jeffrey und sah den Jungen vielsagend an. »Hasen, weißt du, und was sonst noch anfällt.«
»Mummel«, sagte Simon in ernstem Ton, »ich habe eine traurige Nachricht für dich.«
Der Junge blickte von seiner Hafergrütze auf. Irgendwie ahnte er, was nun kommen würde, und er verbannte die beunruhigenden Worte des Prinzen aus seinen Gedanken.
»Falbe ist im Schlaf gestorben«, sagte der Bauer.
»Sie war sehr alt«, seufzte Meg.
»Und ein wunderbarer Kamerad«, fügte Mummel hinzu.
Scheck trauerte. Er ging über die Felder, suchte Falbe und rief nach ihr. Selbst Mummel konnte ihm nicht verständlich machen, daß sie nicht wiederkommen würde.
Einige Abende später hörte der Junge, als er den Karrenweg herunterkam, vom Feld her ein Wiehern – ein sanfter Klang, mit dem Scheck einen Freund zu begrüßen pflegte. Mummel ging zum Zaun. Jenseits der vom Mond beschienenen Wiese sah er das Pferd. Groß und gewaltig stand es da, lauschend, mit erhobenem Kopf. Der Junge glaubte eine leise Antwort zu vernehmen.
Dunstiger Nebel lag über dem Boden, und aus seinen Schwaden nahm ein anderes Pferd, unmittelbar hinter Schecks Schulter, schattenhaft Form an. Mummel rieb sich die Augen und sah noch einmal hin. Er dachte, er könne einen Grauschimmel mit dunkler Mähne ausmachen, der zärtlich an Schecks Hals schnupperte. Er war ein wenig größer als der Hengst.

»Sie ist zurückgekommen«, flüsterte der Junge.
»Nein«, widersprach Grimbold, der auf dem Zaun saß, »das kann man nicht so sagen.«
»Ist Scheck durch ein Schlupfloch gegangen und hat sie dort gefunden?«
»Auf gewisse Weise«, antwortete der Kater. »Denn auch Pferde träumen.«

Das alte Zugpferd

Dahin die langen Jahre willigen Bestrebens,
wie Blei lastet die Zeit auf Brust und Rücken.
Ich wandere allein über das dunkle Feld.
Find endlich Frieden, schönes Pferd, am Ende deines Lebens.

Unruhe quält mich; Trauer trübt mein Auge –
ich kenne nur den Hof im lichten Hain:
Ob ich zur Rast im Paradiese tauge?
Die Dinge, die du liebst, sie werden immer um dich sein.

Wird es dort Felder und auch Zuckeräpfel geben?
Und werde ich mit Freunden auf betauten Weiden traben?
Schon spitzen sie die Ohren auf feuchtem Wiesengrund,
und einer wartet und wird einen Apfel für mich haben.

ZEHNTES KAPITEL

Die Welt des Tages und die Welt der Nacht

Eine Woche lang bekam Mummel Grimbold nicht zu Gesicht. Wie es schien, war der geheimnisvolle Herr mit seinen eigenen Angelegenheiten beschäftigt.
Und Prinz Jeffrey jagte.
Er hatte seine Truppe mit vage formulierten Erklärungen über den mangelnden Erfolg zum König nach Ferrihill zurückgeschickt und sich statt dessen Jäger kommen lassen – Jäger mit Hunden und Bogen und Speeren. Mummel beobachtete die Vorgänge mit großem Unbehagen. Der Prinz lächelte ihn ein wenig hintergründig an und sagte:
»Jäger klettern gern, wo Soldaten der Mut dazu fehlt. Ich weiß nicht warum, aber ich habe das Gefühl, daß der geflohene Gefangene irgendwo auf deinem Berg sitzt. Ich habe die Absicht, mich hier eine Weile zu amüsieren.«
»Die Königin hat ihn begnadigt«, entgegnete der Junge schroff. »Warum könnt Ihr ihn nicht in Frieden lassen? Sie hat das Dokument mit ihrem eigenen weißen Federkiel unterzeichnet und . . .«
»Woher weißt du das?« fragte der Prinz.
Nach einer kleinen Pause antwortete Mummel:
»Ich weiß es eben.«
Der Prinz zog eine dünne Augenbraue hoch, erwiderte aber nichts. Nach diesem Gespräch sah Jeffrey Mummel oft nachdenklich an, wenn der Junge es nicht merkte.
So stiegen also die Jäger Tag für Tag auf den Berg und kamen abends mit leeren Händen zurück. Beim Abendessen beklagte sich der Prinz bei Simon.
»Eine gottverlassene Gegend! Kein Reh! Kein Eber! Nicht einmal einen Hasen habe ich gesehen. Irgend etwas hat das ganze Wild verscheucht – etwas, was den Tieren fremd ist, was sie erschreckt hat.«

»Was könnte das sein?« fragte Meg nervös.
Der Prinz runzelte die Stirn und zerbröckelte eine Krume mit ruhelosen Fingern.
»Ich habe Geschichten gehört«, antwortete er geheimnisvoll.
»Ich auch«, lachte Simon. »Verrückte, unglaubwürdige Geschichten von noch unglaubwürdigeren Tieren. In der Dämmerung hat vermutlich jemand einen großen Bären gesehen ...«
»Einen *weißen* Bären?« fragte der Prinz spöttisch. »Ein Bär, der wie ein Löwe aussieht – wie ein Mensch – wie ein Pferd?«
»Die Leute erzählen alles mögliche, wenn sie von etwas überrascht werden.«
Der Prinz nickte.
»Unter Umständen sogar die Wahrheit. Heute nacht versuche ich es selbst. In der Nacht, wenn die Angst zu Kräften kommt. Mal sehen, ob *mich* etwas überraschen kann. Heute nacht gehe ich.«
Und das tat er auch. Als es dunkel wurde, brach er, ein grimmiges Lächeln um die Lippen, mit seinen Hunden und Männern auf.
Und auch Mummel ging zum Berg. Er zweifelte nicht daran, daß Grimbold ihn benachrichtigt haben würde, wenn Gareth in Sicherheit wäre. Und daß der Sohn des Zauberers und der Bruder des Königs, wenn sie einander begegnen sollten, nicht gut miteinander auskommen würden.

So schnell er konnte, humpelte er die niedrigen Hänge, die Bergwiesen und Ziegenpfade hinauf; schließlich kam er zu den Felsen und begann zu klettern.
Die ungewöhnliche Stille fiel ihm als erstes auf.
Keine Eule schrie; keine Fledermaus flatterte und pfiff; kein Hase trommelte auf den Boden, um vor Gefahren zu warnen; kein kleines Getier raschelte im Unterholz.
Was ihm als zweites »auffiel«, war ein Tannenzapfen.
Er traf ihn genau zwischen die Augen; Mummel sprang zur Seite und landete in einem Stechginster. In einem sehr dornigen. Er war verärgert.
»Oh! Habe ich dir weh getan?« fragte eine düstere Stimme. »Tut mir schrecklich leid, Herzchen. Ich wollte nur deine Aufmerksamkeit erregen.«
Mummel sah sich um, konnte aber außer rauhen Felsen nichts entdecken. Dann stieg ein Nebelschwaden vom Boden auf, und als er etwa drei Meter hoch war, leuchteten zwei rote Augen in den oberen Windungen auf. Ein langes, trauriges Gesicht formte sich, mit einem eingefallenen Mund und wirrem Haar.
»Ich bin's bloß«, sagte Heliotrop.
»Huh!« machte Mummel.
Das Wesen sprang einen halben Meter hoch in die Luft.
»Erschreckt mich doch nicht!« winselte es.
»Was machst du denn da?« fragte der Junge. »Solltest du so spät noch allein unterwegs sein?«
»Der Herr der Finsternis hat mich geschickt.« Es klang sehr verdrießlich. »Glaubt ja nicht, es macht mir Spaß, auf diesem scheußlichen Berg herumzuspazieren! Noch dazu in dieser gräßlichen Finsternis! Ich bin ja so froh, daß ich Euch getroffen habe, Herr Mummel – jemanden, den man kennt, versteht Ihr?«
»Wozu hat der Herr der Finsternis dich hierhergeschickt?«
»Um Gareth zu finden, natürlich.«
»Da bin ich aber froh«, sagte Mummel. »Wenn der Zauberer die Schlupflöcher für ihn öffnet und ihn heimkehren läßt...«
»Ich soll Prinz Jeffrey helfen, ihn zu finden.«
»Was?«

»Das sind meine Befehle. Ich muß den jungen Herrn Gareth finden und dann nach dem Prinzen rufen und schreien. Ihm helfen, Gareth dingfest zu machen, damit er ihn als Gefangenen nach Ferrihill zurückbringt. Geschieht ihm auch ganz recht«, setzte Heliotrop mit gespitzten Lippen hinzu. »Er hat's ja nicht anders haben wollen.«

»Und wie willst du dem Prinzen helfen?« fragte Mummel besorgt. »Vom Schreien abgesehen, meine ich. Der kriegt einen Herzanfall, wenn er dich sieht.«

Heliotrop grinste selbstgefällig.

»Er kann mich nicht sehen«, antwortete er. »Ich bin unsichtbar – außer für Zauberleute und solche, die etwas mit Magie zu tun haben. Aber ich habe etwas bei mir, was Gareth einen Strich durch die Rechnung machen wird.«

Er fummelte unbeholfen in einer Art Tasche herum und stieß einen wimmernden Laut aus.

»Ojemine! Hab's verloren! Äh – Moment mal! Hat sich im Futter verfangen.«
Er zog etwas heraus, was wie eine nasse Schnur aussah. »Was ist denn das?« fragte Mummel.
»Eine Fessel. Eine magische Schlinge. Wenn man sie jemandem über die Schulter wirft, ist er an Händen und Füßen gebunden. Er kann sich nur so bewegen, wie man es ihm befiehlt. Und diese Befehle kann jeder geben. Damit kriege ich Gareth. Und er muß alles tun, was der Prinz von ihm verlangt – oder sonst jemand.«
Mummel war entsetzt.
»Was für ein unglaublicher Gedanke!« rief er. »Wie konnte sein Vater nur an so etwas denken!«
»Er ist eben schlau«, antwortete Heliotrop, der nichts begriffen hatte.
»Ich lasse es nicht zu! Gib mir die Schnur!«
Und er faßte nach der magischen Schlinge in Heliotrops Hand. Der Nebelgeist sprang hoch in die Luft, und Mummel stolperte und setzte sich.
»Also bitte«, sagte das Monster und verblaßte ein wenig. »Das ist doch kein Benehmen! Wo ich doch so liebenswürdig mit dir plauderte!«
»Geh nicht fort! Hör zu ...« bettelte Mummel. »Das darfst du nicht tun!«
»Ich habe meine Befehle«, wehrte Heliotrop ab.
Und mit einem zischenden Geräusch verflüchtigte er sich. Mummel saß allein da und dachte nach. Schließlich sagte er sich:
Ich brauche Hilfe und Rat, und hier ist niemand, an den ich mich wenden kann. Also ...
Er runzelte eine Weile die Stirn und sagte dann laut:

»O Zauberworte, laßt mich sehen
ein Schlupfloch hier entstehen,
das wäre fein.
Auch wenn ich keinen Vers mehr schmieden kann,
heute kommt es darauf an,
jetzt muß es sein!

Den Zauberer fordere ich heraus!
Und will ängstlich alles wagen,
was dem Sterblichen gegeben,
um seinen Zorn und Haß zu schlagen,
und aus der Welt des Tags zurückzubringen
den Prinz der Nacht auf kühnen Schwingen.«

Die Erde erbebte unter seinen Füßen.

Unmittelbar hinter dem Schlupfloch saß Tod Lowrie und kratzte sich am Ohr. Er schrie auf und kippte um, als er Mummel vor sich sah, war aber gleich wieder auf den Beinen und sauste davon. Etwa hundert Meter weiter warf er einen Blick über die Schulter, stellte fest, daß der Junge sich nicht gerührt hatte, und blieb stehen.

»Hab dich nicht kommen gehört«, sagte er. »Wieso sitzt du da?«

»Einfach so«, antwortete Mummel. »Würdest du mir wohl eine Auskunft geben, Tod Lowrie?«

»Unter Umständen«, sagte der Fuchs vorsichtig.

»Warum ist der Berg auf der anderen Seite des Schlupflochs so verlassen?«

»Ist er gar nicht. Nicht ganz. Es gibt da Dinge...«

»Ich weiß. Die Jäger...«

»Noch schlimmere. Und ich bleibe im Nächtlichen Königreich, bis sich die Lage etwas stabilisiert hat.«

»Wo ist Gareth?«

»Psst!«

Der Fuchs sah sich schnell um und schlich sich dann näher heran. Wie sonst auch sah er sehr elegant, sehr anmutig und hoffnungslos unverläßlich aus.

»Sprich doch seinen Namen nicht so laut aus«, wisperte er. »Der Herr der Finsternis ist wütend.«

Wieder warf er einen Blick über die Schulter und kam noch einen Schritt näher. »Wenn ich dir verriete, wo... der junge Mann... sich versteckt hält, was kriege ich dafür?«

»Ich könnte dir etwas Gutes zum Essen bringen und irgendwo

hinstellen«, versprach Mummel eifrig. »Kuchen und Milch und ...«
»Zwei Hühner?«
»Nein, keine Hühner. Aber vielleicht einen Schinkenknochen.«
»Versprichst du mir das?«
»Ja, natürlich.«
Die schmale Schnauze des Fuchses verzog sich zu einem Lächeln.
»Er sitzt in einer Höhle«, flüsterte er. »Zwischen zwei aneinanderliegenden Felsplatten, und der Eingang ist durch Schnee verborgen. Er zittert vor Kälte, er ist durstig und sehr hungrig. Wetten, er wäre froh, wenn er alle diese Kuchen bekäme, die du mir versprochen hast! Und die Milch und die Hühner...«
»Keine Hühner.«
Der Fuchs kicherte grimmig.
»Grimbold kann ihn nicht finden«, sagte er heiter. »Aber *ich* habe ihn aufgespürt! Er hat mich um Hilfe gebeten, und ich habe ihn ausgelacht. Als ob ich meinen schönen Hals riskieren würde, wo ich doch weiß, wer hinter ihm her ist!«
»Die Jäger ...«
»Was du nur mit deinen Jägern hast!« höhnte der Fuchs. »Ich meine – aber lassen wir das!«
»Ach, tu nicht so geheimnisvoll«, gab Mummel zurück. »Aber wie kann *ich* diese Höhle finden?«
»Das verrate ich nicht. Der Herr der Finsternis würde einen Pfeifenputzer aus meiner Lunte machen!«
»Du hast es versprochen!«
»Ich habe gesagt, ich würde dir verraten, wo er ist – nicht, wie man dort hinkommt! Vergiß die Hühner nicht! Gute Nacht!«
Und weg war er. Er flitzte dahin, ein flammender roter Streifen zwischen den grünen Büschen.
»Keine Hühner!« schrie Mummel ihm nach.
Und dieses Gespräch hatte ihn nicht sehr weit gebracht, dachte der Junge.
Er bewunderte den Glanz und die Herrlichkeit des Nächtlichen Königreiches um ihn her. Es war schrecklich und wunderschön,

und er bekam Lust, zu singen und Lieder zu verfassen. Seltsam und beunruhigend, aber es war eine Welt, die er kannte und liebte.
Eine Höhle... sinnierte der Junge... zwischen zwei Felsplatten... und der Eingang vom Schnee verweht. Schnee!
Er stand auf und begann zu klettern. In dieser Jahreszeit würde Schnee nur auf den obersten Höhen liegen.
Während er mühevoll krabbelte und sich anklammerte, kroch und sprang – dachte er angestrengt nach. Selbst wenn er die Höhle fand, wie konnte er Gareth vor jenen schützen, die ihn jagten? In der Welt der Menschen gab es keine Magie. Selbst der große Grimbold hatte hier nur wenig Macht. Und die Schlupflöcher waren dem Sohn des Zauberers verschlossen.
»Wenn der Herr der Finsternis nur nicht so unnachgiebig wäre«, seufzte Mummel laut.
»Ha!« antwortete ihm eine tiefe Stimme.
Mummel schob sich gerade über einen schmalen Sims, der auf einer Seite jäh abfiel. Er zuckte heftig zusammen und stürzte ab.
Der Herr der Finsternis brüllte:

»Halt und zurück!
Sonst brichst du das Genick!«

Mummel wirbelte in der Luft herum und schoß aufwärts, um auf einem breiteren Teil des Gesimses zu Füßen des Zauberers zu landen. Er lächelte nervös.
»Danke«, murmelte er.
»Narr!« sagte der Herr der Finsternis.
Das weiße Haar des Zauberers flatterte im Wind, und seine Augen glühten wie funkelndes Eis. Auf einem abgewinkelten Arm trug er einen Adler. Zwei Gedanken schossen Mummel gleichzeitig durch den Kopf – daß er den Adler kannte und daß der Zauberer furchtbar stark war.
»Was meinen Sohn angeht«, sagte der Herr der Finsternis. »Wenn du ihn wirklich vor den Folgen seiner Unvernunft bewahren willst, steht dem im Prinzip nichts im Weg. Ich kann die Schlupflöcher jederzeit für ihn öffnen, und ich bin auch bereit, es zu tun – für den Ring.«

»Welchen Ring? Oh . . .«
Der Zauberer nickte.
»Den Silberring«, sagte er.
»Aber ich kann doch nicht . . .«
»Dann muß Gareth die Konsequenzen seiner Torheit tragen.«
Mummel starrte ihn hilflos an, und der Zauberer erwiderte unverwandt seinen Blick. Die schweren Falten seiner schwarzen Robe bewegten sich kaum im heulenden Wind; die goldene Stickerei auf seinen Handschuhen glitzerte im Mondlicht, und still saß der Adler mit runden gelben Augen auf dem gebeugten Arm.

»Herr der Finsternis«, ließ sich ein zartes Stimmchen vernehmen, »du bist ein Flegel.«
Alle zuckten zusammen.
Auf einer Felsspitze über ihren Köpfen stand Frau Nesselnetz. Klein, grau und in Lumpen.
»Schwirr ab!« fuhr der Zauberer sie an. »Kümmre dich um *deine* Angelegenheiten!«
»Aber das tue ich ja«, gab sie zurück. »Der Junge ist mein Freund, und Gareth ist mein Neffe, der Teufel soll ihn holen! Und was dich angeht, lieber Bruder – mir scheint, du hast den Verstand verloren!«
Sie schwebte zu Mummel herab.
»Komm mit mir«, sagte sie freundlich. »Der Herr der Finsternis geht mir auf die Nerven, wenn er seine Anfälle hat.«
Sie legte eine kleine Hand auf Mummels Arm, und der Junge erhob sich. Dann berührte sie die flache Felswand neben ihnen; sie schwankte ein wenig und begann durchsichtig zu werden.
»Untersteh dich!« brüllte der Zauberer.
»Pfff!« machte die Drude. »Ich kann Schreien nicht ausstehen.«
Der Felsen öffnete sich. Ein gewölbter Gang erstreckte sich in die Tiefe des Berges.
»Komm«, sagte Frau Nesselnetz.
»Bleib!« fauchte der Zauberer.
Mummel folgte Frau Nesselnetz. Und der Fels, der sich hinter ihnen schloß, schnitt auch das Zorngebrüll des Zauberers ab.
Fünfzig Meter den Berg hinein, und die Drude öffnete eine Tür in ihre eigene Höhle. Sie sah sehr warm und gemütlich aus. Die silberne Lampe warf ihren Schein auf den Tisch und die Stühle, die Teppiche und das Strickzeug – und den Jungen, der neben dem Feuer saß und ein Buch las. Er sprang auf und wandte sich zur Flucht.
»Sei doch nicht albern, Schätzchen«, sagte Frau Nesselnetz. »Wir sind es ja nur. Und Mummel kennst du ja schon.«
»Wir sind einander in einem Wald begegnet«, erinnerte ihn Mummel. »Du bist der Lautenspieler, und dein Name ist Jeffrey.«

»Na also«, sagte die Drude. »Dann sind wir doch alle Freunde!«
Der Junge machte eine linkische Verbeugung vor Mummel und beruhigte sich.
»Und jetzt geht mir aus dem Weg, alle beide«, fügte Frau Nesselnetz hinzu. »Ich habe zu tun. Setzt euch und schaut mir zu.«
Sie ging zu einem Wandschrank und holte einige Dosen und Flaschen heraus. Während sie das tat, wurde Vogelgezwitscher laut.
»Hockaday«, sagte Frau Nesselnetz über die Schulter zu Mummel. »Er freut sich, dich zu sehen.«
Sie stellte alles auf den Mitteltisch.
»Mein Bruder muß zur Vernunft gebracht werden«, sagte sie. »Es ist einfach lächerlich, wie er mit Gareth umspringt. Der Junge braucht eine verständnisvolle Behandlung. Er begreift einfach nicht, warum sein Vater sich so seltsam benimmt.«
»Ich auch nicht«, stimmte Mummel ihr zu.
»Ach du liebe Zeit!« Geschäftig öffnete die Drude Flaschen und Töpfchen. »Gareth ist seiner Mutter nachgeraten – und mein Bruder liebte sie. Ihm muß ein gehöriger Schreck eingejagt werden, der ihn zur Vernunft bringt. Ich will nur schnell dieses Kügelchen drehen . . .«
Sie schüttete etwas blaues Pulver auf einen Teller und fügte ein paar Tropfen einer öligen Flüssigkeit aus einer Flasche hinzu – ein Quentchen gelben Schaums aus einer anderen – einen halben Teelöffel von etwas aus einer dritten –, mischte das Ganze zu einer teigigen Paste. Sie zog ein Paar weiße Handschuhe an und knetete die weiche Paste zu einem Kügelchen in der Größe einer Kirsche. Als sie fertig war, behielt die Kugel ihre Form bei.
»Sehr hübsch«, lächelte sie zufrieden. »Eine der besten, die ich je gemacht habe.«
Sie rollte sie in etwas Kreidepulver, nahm ein feines sauberes Tuch von einem Stoß frisch gebügelter Wäsche und packte die Arzneikugel sorgfältig ein. Dann hielt sie Mummel das kleine Bündel hin.
»Steck es in die Tasche und paß gut darauf auf, Junge«, ermahnte sie ihn, »und sobald du Gareth gefunden hast, warte, bis mein

Bruder kommt – und er wird kommen –, und tu genau, was ich sage, und sprich die Worte, die ich dich lehren werde.«
Und sie lehrte ihn, was er zu tun und was er zu sagen hatte. Als die Lektion beendet war, klopfte sie ihm auf die Schulter.
»Sei vorsichtig, Kind«, sagte sie. »Denn die Sache könnte ein schlimmes Ende nehmen. Ach, und nimm das auch mit.«
Sie nahm einen Zinnbecher von einem Regal und gab ihn dem Jungen. Als er alles sorgfältig in seinen Taschen verstaut hatte, nahm sie seine Hand in die ihre und lächelte.
»Wenn einer das schaffen kann, dann du«, sagte sie. »Komm mit.«
Sie führte ihn zu einer niedrigen Tür in der Wand; über die Schulter rief sie den anderen Jungen, der noch beim Feuer saß.
»Du auch, Schätzchen. Vielleicht kannst du ihm helfen.«
Jeffrey kam so ungestüm auf die Beine, daß er seinen Stuhl umwarf. Verzweifelt starrte er Frau Nesselnetz an.
»Ich kann nicht durch die Schlupflöcher«, murmelte er, »solange mein Herr es mir nicht erlaubt...«
»Ich weiß. Aber du kannst auf dieser Seite bleiben und Mummel folgen und ihm sagen, wenn der Herr der Finsternis kommt.«
»Ich trau mich nicht!«
»Na schön!« fauchte die Drude. »Bleib auch weiter ein armer Tropf. Du wirst schon sehen, was du davon hast!«
Sie öffnete die Tür und zeigte auf eine matt erleuchtete schmale Treppe.
»Sie führt hoch hinauf bis zum Gipfel«, sagte sie, »und endet vor einer glatten Wand. Klopfe dreimal und sprich einen Vers, und die Wand wird sich öffnen. Du kommst in eine Wasserrinne hinaus, und dort irgendwo in der Nähe hält sich Gareth versteckt. Ich würde ja selbst gehen, aber es ist ein langer Weg, und ich bin zu alt zum Versteckspielen. Und jetzt ab mit dir!«
Sie gab Mummel einen Schubs, und er stieg die ersten Stufen hinauf. Dann hörte er sie sagen:
»Das ist mein braver Jeffrey!«
Er hörte zaghafte Schritte hinter sich, und dann schloß sich die Tür. Er wandte sich um, und Jeffrey sah ihn hilflos an.

»Du machst dir zu viele Sorgen«, sagte Mummel. »Ich habe genausoviel Angst wie du – wenn nicht mehr. Wir müssen jeder tun, was wir können.«

Zusammen stiegen sie die Treppe hinauf.

Und nun begaben sich seltsame Dinge. Das Licht auf der Treppe leuchtete nur, wenn die Jungen vorbeikamen. Bei jeder Windung blinkte es von irgendwo auf, um hinter ihnen wieder zu erlöschen. An manchen Stellen versperrten ihnen dicke Vorhänge aus Spinnweben den Weg, aber sobald Mummel sie erreichte, schüttelten und hoben sie sich, um ihn durchzulassen; dann setzten sie sich wieder. In den Falten der Spinnweben leuchteten helle Augen auf, die sie beobachteten. Was immer dort lebte, hielt sich im Dunkel verborgen, und als Mummel einmal stehenblieb, um die geheimnisvollen Wesen aus der Nähe zu betrachten, verschob sich das Spinnengewebe und schien ihm auf den Kopf fallen zu wollen. Er ließ die Geschöpfe in ihren Verstecken.

Endlich kamen sie zu der Felswand. Mummel betrachtete sie nachdenklich.

»Immer wenn ich meinen Kopf am dringendsten brauche, ist er leer«, klagte er. »Mir fällt kein Reim ein. Glaubst du, wird Frau Nesselnetz uns helfen, wenn wir hier steckenbleiben?«

»In der Zauberwelt ist man auf sich selbst gestellt«, antwortete Jeffrey.

»Ich verstehe.«

»Würde ein wenig Musik dir weiterhelfen?«

Jeffrey schwang seine goldene Laute herum und ließ die Hand über die Saiten gleiten. Eine Kaskade sanfter heller Töne hüllte sie ein. Dann begann er eine liebliche Melodie zu spielen – und eine Menge kleiner Stimmchen fingen an mitzusummen, leise zuerst und dann lauter. Sie hielten sich an den Takt.

»Tra-la-la-la«, sangen sie im Chor.

Mummel blickte die Treppe hinab, aber es war niemand da. Er ahnte, wer die Sänger waren.

»Tra-la-la-la«, sangen die Wesen in den Spinnweben.

»Vielen Dank, wer immer ihr seid«, sagte Mummel. »Ihr habt mir eine Idee gegeben.«

Er klopfte dreimal auf den nackten Felsen vor ihm und rief:

»Tralala, o Wand, nun hurch!
Öffne dich und laß uns durch!«

Und zu seiner Überraschung schmolz ein Teil der Felswand weg. Es knirschte und knarrte, und zwischendurch knurrte es:

»Die Bitte sei dir wohl gewährt,
doch einen schlechtren Reim hab ich noch nie gehört!«

Schon wollte Mummel sagen, daß dieser auch nicht viel besser war, unterließ es aber höflicherweise. Er ging durch die gezackte Öffnung in der Wand – und sprang rasch zurück, packte Jeffrey und zog ihn nach. Gerade noch rechtzeitig, denn der Felsen schnappte mit großem Krachen zu – und mit solcher Kraft, daß die goldene Laute Jeffrey von der Schulter gerissen und zerquetscht wurde. Nicht die kleinste Nahtstelle ließ erkennen, wo die Öffnung gewesen war, nur die Goldsplitter am Fuß des Kliffs.

»Ich danke dir«, sagte Jeffrey, der noch am ganzen Leib zitterte. »Zwar kann mich nichts töten, solange ich diese Kette trage, aber der Felsen hätte mich für alle Zeiten gefangengehalten.«

Dann weiteten sich seine grauen Augen, er stieß einen erstickten Schrei aus und deutete nach vorn.

Mummel sah, daß sie sich in einer steinigen Rinne hoch auf dem Berg befanden. Auf der einen Seite stieg der Fels schroff zum verschleierten Gipfel auf, auf der anderen erhob sich, einem Zinnenkranz gleich, eine Reihe von spitzen Felsbrocken, hinter welchen ein Abgrund gähnte. Der ganze Berg glühte in den der Nachtwelt eigenen Farben, und der heulende Wind trug alle Düfte des Frühlings und des Sommers mit sich.

Am Ende der Rinne befand sich ein Gewirr hochaufragender Felsen, um die gefrorener Schnee aufgeworfen war. Anfangs fiel es schwer zu sehen, was genau auf dem Schnee lag, denn das Fell schimmerte so weiß, und es regte sich nicht. Ringsum war der Boden zerhackt und zertrampelt, so als ob das große Geschöpf wiederholt mit aller Kraft versucht hätte, sich zu erheben. Das war nun vorüber. Es hatte die zarten, paarzehigen Hufe von sich gestreckt. Die schimmernde Mähne war weit über den Schnee gebreitet und paßte in der Farbe dazu. Die langen steifgefrorenen

Wimpern bedeckten geschlossene Augen, das Maul stand ein wenig offen und ließ strahlend weiße Zähne sehen. Das Seltsamste und Wunderbarste aber war die perlenfarbene Spirale des Horns, das, gleich einem Juwel auf Samt, in den Schnee eingebettet lag.
Das Einhorn, herzzerreißend schön, war tot.
Mummel lief hin und fiel neben ihm auf die Knie.
»Nein! Bitte ...« wisperte er.
Er legte beide Hände an die großen Muskeln des Vorderbeins; hinter ihm schluchzte Jeffrey: »Ich hatte immer schon Angst, es würde in dieser Welt zu Schaden kommen.«
»Der Feuerzauber!« schoß es Mummel durch den Kopf. »Laß ihn durch meine Hände fließen, laß ihn stark genug sein.«
Und er fühlte, wie die eiskalte Haut ein wenig wärmer wurde. Dann lief ein Zittern darüber hin, so als ob irgendwo tief im Inneren das Herz des Geschöpfes in Bewegung geraten wäre.
»Komm zurück«, flehte Mummel, »du kannst noch nicht so weit fort sein!«
Unter seiner Hand pulsierte etwas und begann zu schlagen – schwach, aber sicher. Das Einhorn öffnete die Augen, die blau waren wie Vergißmeinnicht.
»Bleib schön liegen, mein Guter«, sagte der Junge.
Das Einhorn stieß ein leises, ängstliches Wiehern aus und versuchte den Hals zu heben.
»Nein, du wirst dir weh tun! Bleib liegen!«

Hilflos ließ es den Kopf zurückfallen und lag keuchend da; Schaum flockte von seinen Lippen. Mit großen Augen blickte es angestrengt von einer Seite zur anderen.
»Es kann dich nicht sehen«, sagte Jeffrey. »Wir befinden uns in der Nachtwelt und das Einhorn in der Welt der Menschen.«
»Und doch hat es mich sprechen gehört, nicht wahr?«
»Manchmal trägt eine Stimme auch hinüber.«
»Dann muß ich durch«, sagte Mummel. »Und du mußt hierbleiben, weil man dich hier festgenagelt hat. Aber halte dich in meiner Nähe auf, schrei, wenn du Hilfe brauchst – ich glaube, ich werde dich hören können.«
»Mir wird schon nichts passieren«, beruhigte ihn Jeffrey.
Sich auf die Lippen beißend, sah er schweigend zu, wie Mummel die Hand vor das Gesicht schlug und angestrengt nachdachte. Schließlich sprach der Ziegenhirt:

»Aus dem Land mit dunklen Träumen
muß ich scheiden; darf nicht säumen.
Zurück nur bleiben Wunder ohne Zahl;
ich aber kehre heim ins Erdental,
zu Kerzenschein und manch vertrautem Angebind',
wo meine Nachbarn Menschen sind.

Dort will ich bleiben eine kurze Spanne Zeit
und still verweilen, wie's beliebt,
bis alle Zauberkraft, die man mich gelehrt –
Geschenk, das ich gar nie gefordert, das mich nie gereut –,
mich abermals, so wie ein Rad sich kehrt,
der Nachtwelt wiedergibt.

O Land des Mondlichts, mir so teuer!
Mein Herz, das ist zur Hälfte dein!
O meine Nachtwelt voll geheimnisvoller Wirren,
du seltsames Gemisch aus Eis und Feuer!
Öffne dich mir und laß dich rühren!
Mag dieses Lied mein Passierschein sein!«

Ein grimmiger Wind wirbelte den Schnee zu leuchtenden Flocken auf, gefrorenen Rosenblättern gleich, rot und violett und gelb – und die Erde erbebte.

Immer noch schwirrte der Schnee durch die Luft – weiße Flocken, von einem heulenden Wind getrieben. Und Mummel war wieder in der Welt der Menschen. Die Rinne war nicht so schön, denn die Felswände waren grau, das Mondlicht war weniger hell, und die Sterne waren viel weiter entfernt. Doch das Einhorn lag immer noch da – verschreckt und liebreizend anzuschauen.

Mummel blieb ganz ruhig und sprach zu ihm. Wieder unternahm es einen ungestümen Versuch, auf die Beine zu kommen, aber es gelang ihm nicht. Nach einer Weile hörte es auf zu zittern.

»Warte, bis du wieder zu Kräften kommst«, riet ihm der Junge. »Dann werde ich dir ein Schlupfloch zusammenreimen, und du kannst in das Nächtliche Königreich zurückkehren.«

Dann fragte er das edle Geschöpf, ob es verletzt sei. Es sei nur völlig erschöpft, lautete die Antwort.

»Man hat mich gejagt und gehetzt, bis ich zusammenbrach und glaubte, mich nie wieder erheben zu können.«

»Wer hat dich gejagt?«

»Männer. Mit Hunden und Speeren und schmetternden Hörnern. Diese Narren!« sagte das Einhorn trüb. »Sie können nicht aufhören, mich zu jagen! Einst war ich ein Geschöpf ihrer Welt, aber ich mußte gehen – und im Land der Magie Zuflucht suchen. Denn es gibt immer nur eines von uns! Wenn sie mich erschlagen, haben die Menschen wieder einmal das Bild jener Schönheit zerstört, die sie erstreben.«

»Aber wenn man dich erschlägt«, wandte Mummel verwundert ein, »und es nur eines von deiner Art gibt ...«

»Das ist mein Geheimnis. Denn ich werde erschlagen – sogar oft erschlagen –, und doch existiere ich noch.«

»Nur eines«, sinnierte der Junge. »Ist das nicht ein sehr einsames Leben für dich?«

Plötzlich waren die blauen Augen des Einhorns feucht von Tränen. »Sehr einsam«, seufzte es.

Alle seine Kräfte einsetzend, streckte es seine Vorderbeine aus, so daß sich der Oberkörper aufrichtete. Es keuchte vor Anstrengung. Dann noch ein Ruck, und es stand. Auf zitternden, schlanken Beinen, und so unsicher, daß es ein oder zwei Minuten lang an einem Haar hing, ob es aufrecht bleiben oder wieder zu Boden fallen würde. Mummel fing an, sich den Kopf über einen Vers zu zerbrechen, der dem Einhorn einen Weg in die Sicherheit der Nachtwelt öffnen würde.

»Das Einhorn
fühlt sich verloren ...«

Von einer Felsspitze über ihnen ließ sich ein Mann fallen und landete mit leichtem Aufschlag in der Wasserrinne. Das Einhorn scheute, bäumte sich auf und stieß einen Schreckensschrei aus. Mummel lief auf das Tier zu, um ihm gut zuzureden, obwohl er selbst nicht wenig erschrocken war. Der Mann mußte aus etwa zwanzig Meter Höhe gesprungen sein, mit der Leichtigkeit einer großen Katze.

»Nun beruhigt euch wieder!« sagte der Mann.

Keiner hörte auf ihn. Und er lachte.

Noch nie hatte Mummel einen solchen Mann gesehen. Er hatte dichtes weißes Haar, das wie eine Mähne um seine Schultern lag. Er war nur mittelgroß, aber wenn er sich bewegte, spannten sich die Muskeln unter seiner Haut. Und diese Haut war weiß wie Elfenbein, und seine Augen hatten die Farbe von Topas. Er musterte das zitternde Einhorn und den Jungen, der ihn verdutzt anstarrte, und lachte abermals.

»Ich finde es gar nicht lustig, wenn man auf Leute herunterspringt und sie zu Tode erschreckt«, sagte Mummel. »Wer bist du überhaupt?«

»Ach, sei still«, wisperte ihm das Einhorn zu.

»Es weiß, wer ich bin«, sagte der Mann.

Das Einhorn duckte sich; Mummel legte ihm die Hand auf den Hals und fühlte das Herz schneller schlagen.

»Also hast du es gejagt«, sagte er entrüstet.

»Diesmal nicht«, antwortete der Mann lässig. »Ich bin hinter einem anderen Wild her. Und ich habe dieses Biest nie verletzt, nur geneckt.«

»Das solltest du nicht! Es ist einzigartig in der Welt!«
»Das bin ich auch«, entgegnete der Mann.
Er drehte seinen edlen Kopf zur Seite und starrte das wunderschöne Tier an.
»Du bist hierhergekommen, weil du dachtest, Gareth hier zu finden. Und ihn zu bitten, ein Schlupfloch für dich zu machen – was er nicht kann. Wo ist er?«
Stille trat ein. Das Einhorn zitterte am ganzen Körper. »Ich werde dir nichts sagen«, erwiderte es.
Der Mann ging auf das Einhorn zu, und das Tier wich vor ihm zurück, bis es an die Felswand stieß. Mit irren Blicken suchte es nach einem Fluchtweg, aber der Mann packte es an seinem perlenfarbenen Horn. Es tat einen Sprung, aber der Mann hielt es fest und zwang es auf sein Hinterteil nieder.

»Hör auf!« schrie Mummel.
Zwei große Tränen rollten über die Nase des Tieres. Es wieherte kläglich.
»Ich habe Gareth nicht gesehen! Ich weiß nicht, wo er ist.«
»Dann rufe ihn«, zischte der Weißhaarige. »Rufe ihn, ruf. Und wenn er einen Funken Mitgefühl für dich hegt, wird er aus seinem Versteck kommen.«
»Ich werde ihn nicht hierherrufen!«
»Ich bin da«, sagte Gareth und trat hinter einem Felsen hervor.
Der Mann gab das Einhorn frei, das mit gesenktem Kopf keuchend dastand.
»Du wagst es also«, sagte er.
Er wandte sich an Mummel, der dem Sohn des Zauberers eine Hand entgegenstreckte.
»Dieser Idiot!« sagte er. »Dieser hochnäsige, gedankenlose, unerträgliche Idiot, dieser Gareth ...«
»Zu schmeichelhaft«, fiel ihm der Sohn des Zauberers ins Wort.
Ohne darauf einzugehen, fuhr der Mann fort:
»Er wußte, wer und was ich bin, und daß ich es nicht liebe, mich sehen zu lassen – außer ich wünsche es so. Er kam zu mir, als ich schlief, und versuchte mich mit einem kindischen Zaubertrick in einen Käfig zu sperren. Wenn ich mich seiner Worte recht entsinne« – und offensichtlich entsann er sich nur zu gut –, »sagte er, er würde mich zur Schau stellen und sechs Groschen Eintrittsgeld verlangen. Nun«, fügte der Mann mit den topasfarbenen Augen hinzu, »nun werden wir sehen, wer sein Leben im Käfig beschließt!«
Er brach in einen weithin schallenden Ruf aus. Und von einem Berghang in der Ferne antwortete ein Jagdhorn.
Ein wenig nervös meldete sich Mummel zu Wort.
»Die ... die Königin hat ihn begnadigt. Sie hat ihm das Leben geschenkt.«
»Vom Gefängnis auf Lebenszeit hat sie aber nichts gesagt.«
Wieder ertönte das Jagdhorn und schien schon näher zu kommen.
Ein zweites stimmte ein und dann ein drittes.
»Laß nicht zu, daß sie ihn ergreifen!« bettelte Mummel.

»Gefängnis ist das beste für ihn«, gab der Mann unwirsch zurück. »Wer hat ein Interesse daran, daß er frei herumläuft?«
»Ich«, entgegnete Mummel. »Ich weiß, ich zähle nicht viel, aber da ist auch noch Grimbold . . .«
»Ach, der!« Der Mann ließ spitze weiße Zähne sehen. »Wo ist er denn? Er hat Gareths Versteck nicht gefunden. Weil ich nämlich über den ganzen Berg falsche Fährten gelegt und irreführende Zauber gebreitet habe. Der große Kater wurde von einem anderen an Schlauheit übertroffen.«
»Von einem anderen?«
Der Mann sah ihn nur grinsend an.
Eine ganze Weile schon war sich Mummel eines schwachen Geräusches an seinem Ohr bewußt gewesen – so als ob jemand ihm etwas zuflüsterte, aber es war zu leise, um die Worte zu verstehen. Jetzt kam es wieder – ein Wort – ein Satz, aber so gedämpft, daß nur der Junge etwas hören konnte.
»Er . . . ist da . . .«
Mummel wußte, wessen Stimme durch das Schlupfloch gekommen war, und wunderte sich, daß Jeffrey am Ende doch so viel Mut zeigte.
Von einem Sims über ihnen tropfte ein wenig feiner Schnee herunter, und darin sah Mummel zwei rote Augen und zwei lange, dünne, sich hin und her bewegende Hände.
»Ich kann dich sehen, Gareth«, greinte Heliotrop. »Halt einen Augenblick still!«
Von hoch oben warf er die magische Schlinge – und die fiel just um die Schultern des Zauberers, der plötzlich in der Mitte der Rinne körperlich in Erscheinung getreten war.
»Sehr geschickt«, sagte der Herr der Finsternis.
Heliotrop fiel in einen nahen Schneehaufen und brach in Tränen aus.
»Das ist deine verflixte Magie!« quengelte er. »Miserabel, dumme Zauberei! Gemeiner, dummer alter Zauberer! Ich hasse dich!«
»Du bist hysterisch . . .«
»Gemeiner, dummer . . .!«
»Halt den Schnabel!«

Heliotrop würgte, schnaubte und plärrte in sich hinein.
»Grauslicher, gemeiner ...«
Der Zauberer wandte sich den anderen zu. Gareth wollte fortlaufen, aber der weißhaarige Mann sprang vor ihn hin und versperrte ihm den Weg. Der Sohn des Zauberers wirbelte herum und blickte in das steinerne Gesicht seines Vaters. Zu seiner Linken ragte der Fels in die Woken auf, rechts klaffte der Abgrund.
»Nein!« schrie Mummel und stürzte vor.
Er wäre zu spät gekommen, denn Gareth war schnell, doch der Zauberer war noch schneller. Er erwischte seinen Sohn im allerletzten Moment und warf ihn zurück in den Schnee.
»Ach ja«, sagte Mummel, dem eben etwas eingefallen war. »Einen Augenblick, bitte!«
Aus seiner Tasche nahm er den kleinen Zinnbecher und das leinerne Bündelchen, das er aufschnürte, um ihm die Arzneikugel zu entnehmen. Er legte sie in den Becher. Dann nahm er eine Handvoll Schnee und gab ihn dazu. Er drehte den Becher einige Male im Uhrzeigersinn in den Händen, und fast sofort schmolz der Schnee und färbte sich smaragdgrün. Dann begann auch die Kugel zu schmelzen. Sie erzeugte Streifen und Muster im Wasser, und helle Blasen stiegen an die Oberfläche auf und barsten mit kleinen Dampfwölkchen. Dann trübte sich die Flüssigkeit, verdickte sich und nahm eine häßliche, schlammige Farbe an. Mummel holte tief Atem und sprach die Worte, die Frau Nesselnetz ihn gelehrt hatte.
»Das ist für Gareth. Er soll es trinken. Es wurde von Frau Nesselnetz zubereitet – für den Tag, da alles, was ihm lieb und wert ist, sich gegen ihn gewandt hat. Wenn er keinen Ort mehr hat, wo er sich verbergen kann – und ihm keine Hoffnung mehr bleibt –, ist das sein letzter Ausweg.«
Er reichte den Becher dem Sohn des Zauberers, der ihn rasch an seine Lippen hob. Doch auch das Einhorn konnte schnell auf den Beinen sein. Es sprang vor und tauchte die Spitze seines Horns in den Becher. Und rund um das Horn dampfte, kochte und zischte die Flüssigkeit – bis nichts mehr zurückblieb als geschmolzener Schnee.

Der Zauberer schlug seinem Sohn den Becher aus der Hand und warf Mummel einen furchtbaren Blick zu. Seine Augen loderten vor Zorn, und die Falten um seinen Mund hatten sich so vertieft, daß sie wie Narben aussahen. Er hatte einen argen Schreck abbekommen.
»Du hast versucht, ihn zu vergiften«, hielt er Mummel vor.
Er hob eine zitternde Hand an seine Schläfe, und nun geschah etwas mit seinem Gesicht. Tiefes Leid verzerrte seine Züge. Er beugte sich über seinen Sohn und hob ihn auf. Er hielt ihn fest und schüttelte ihn ein wenig; nicht so sehr im Zorn, als um sich zu vergewissern, daß er unverletzt war.
»Gift!« sagte er. »Wirklich wahr, Nesselnetz hat den Verstand verloren.«
Die Jagdhörner erklangen schon so nahe, daß Mummel einen

Blick über die Schulter warf, um zu sehen, ob die Jäger bereits in Sichtweite waren.

»Hier ist zu viel Betrieb«, fauchte der Herr der Finsternis.

Er machte eine Handbewegung und verschwand, Gareth mit sich nehmend. Das Einhorn ließ ein angstvolles Wiehern ertönen und sprang hinterdrein. Mummel sah gerade noch den letzten Zipfel seines weißseidenen Schwanzes, als sich das Schlupfloch schloß. Wo Heliotrop gesessen hatte, war nur noch ein feuchter Fleck im Schnee zu sehen. Und nun wandte sich Mummel dem Mann mit der weißen Mähne zu. Ein feines Lächeln spielte um die Lippen des sonderbaren Menschen.

»Du hast den Herrn der Finsternis ganz schön aus der Fassung gebracht«, bemerkte er. »Er wußte bis jetzt nicht, daß er Gareth liebt. Wird ihnen beiden gut bekommen!«

Die Jäger hatten die Rinne erreicht, an ihrer Spitze der Bruder des Königs. Er verhielt den Schritt, als er Mummel sah.

»Ich hätte mir denken können, daß ich *dich* hier finden würde!« sagte er.

Das Einhorn

Legendenschatz und Sagentum,
Schönheit, Magie, Mysterium,
Sanftmut, Reinheit, Gnadentum,
alles ist in mir vereint.

Hab keine Familie und keine Gefährten,
keine Menschen, die sich für mich erklärten,
sich als des Einsamen Freunde bewährten.
Keinen, der um mich weint.

Mit all ihren vielen Leiden und Wehen
haben die Menschen mich manchmal gesehen;
haben ein paradiesisches Lüftchen gespürt,
Das sie in ihrem Herzen berührt.

Obwohl sie mich hetzen mit Speer und Horn
als Jäger von echtem Schrot und Korn,
hinter mir her sind mit Wut und Zorn –
bin ich nicht ihr Feind.

Obwohl sie mich töten und klagend sehen
das Symbol der Schönheit zu Ende gehen –
eines ist eines und bleibt bestehen:
ein ewiges Lehen.

Elftes Kapitel

Verloren oder gestohlen

»Wo ist er?« wollte Prinz Jeffrey wissen.

»Wo ist wer?« konterte Mummel.

Der Prinz trat zwischen seinen Hunden hervor, blieb vor dem Jungen stehen und bedachte ihn mit einem strengen und zweifelnden Blick.

»Du weißt sehr genau, wen ich jage«, sagte er.

So gut er konnte, wich Mummel dem Blick des Prinzen aus.

»Heute nacht scheint jeder vor jedem davonzulaufen«, sagte der Junge. »Und wer es nicht tut, sucht einen anderen«, schloß er seine dunkle Rede.

»Nenn mir doch einige von denen, die davonlaufen!«

»Na, zum Beispiel das Einhorn . . .«

Der junge Mann stieß einen Freudenschrei aus. Triumphierend wandte er sich an die Jäger, die am unteren Ende der Rinne warteten.

»Ich habe immer schon gesagt, daß es auf diesem Berg ein Einhorn gibt!« rief er. »Ich habe mich nicht getäuscht, als ich es ganz kurz zu Gesicht bekam. Es *gibt* Einhörner!«

»Es gibt nur eines«, besserte Mummel ihn aus. »Immer nur eines.«

In einiger Erregung fuhr der Prinz fort:

»Ich weiß, die Leute sagen, es wären Fabeltiere und nichts weiter. Aber manche glauben, daß sie existieren oder einmal existiert haben. Im alten China hieß das Einhorn ki-lin. Hast du es wirklich gesehen, Mummel?«

»Ich habe es gesehen, Herr.«

»Dann werden wir es aufspüren«, erklärte der Prinz mit wilder Entschlossenheit. »Und wir werden es lebendig fangen. Das ist noch keinem gelungen!«

»Und wird auch nie jemandem gelingen«, entgegnete der Führer seiner Leute.

Es war dies ein stämmiger Mann, von Kopf bis Fuß in weiches Leder gekleidet; von einer Schulter hing ihm ein großer Bogen, von der anderen ein Köcher mit Pfeilen. In seinem Gürtel steckte ein Messer. Er hatte ein freundliches Gesicht, und sein Bart war von weißen Strähnen durchzogen. Der Prinz behandelte ihn mit großer Achtung, denn dieser Mann war Thomas der Jäger. Durch sein Wissen um das Leben der Tiere hatte er Berühmtheit erlangt. Er liebte die Tiere. Er jagte ausschließlich zur Nahrungsgewinnung: Tiere, die Schaden anrichteten oder lästig geworden waren; solche, die unter Krankheit oder ihrem Alter litten; und jene, die von weniger geschulten Jägern schwer verwundet worden waren. Die lange Narbe, die sich von der Schläfe bis zum Mundwinkel herabzog, war ihm von einem in die Falle gegangenen Bären zugefügt worden. Thomas hatte sein Mißtrauen und seine Wut richtig eingeschätzt und ihn dennoch laufen lassen. Jetzt sah er seinen Prinzen an und schüttelte den Kopf.
»Ein gefangenes Einhorn muß sterben«, sagte er. »Es kann unter Menschen nicht leben. Wird es grob angefaßt, sinkt es nieder wie eine weiße Wolke, legt den Kopf auf die Erde, und all seine Schönheit verblaßt. Die Mähne wird dunkel, das Fell schmutzfarben – das Horn fällt ab; es ist keine perlfarbene Spirale mehr, sondern ein gewöhnliches Ochsenhorn. Das Einhorn stirbt und verschwindet. So erzählt man sich.«
Es entstand eine kurze Pause. Dann sagte der Prinz:
»Also schön, kein Einhorn.«
Abrupt wandte er sich Mummel zu.
»Wo ist dein Freund Gareth?«
»Wer?« gab Mummel zurück.
»Weich mir nicht aus! Du weißt, daß er das Wild ist, das ich verfolge – seit dem Tag, da ich hier mit meinen Männern angekommen bin. Das Einhorn interessiert mich nur am Rande. Ich will Gareth haben! Ich bin ganz sicher, daß du ihm bei der Flucht geholfen hast – nur frag mich nicht, wie du das angestellt hast! Und du weißt auch, wo er jetzt ist, nicht wahr, Mummel?«
»Ja, ich weiß es«, gab der Junge zu.
Verblüfft sah der Prinz ihn an, und Mummel lächelte. Er wußte,

daß der junge Mann überrascht war, weil er scheinbar so rasch nachgegeben hatte.
»Wo ist er?« fragte Jeffrey.
»Er ist wieder in der Nachtwelt, aus der er gekommen ist. Und wo Ihr ihn nicht finden könnt«, antwortete Mummel. »Selbst wenn ich Euch hinbrächte... sein Vater würde ihn vor jeder Unbill schützen. Und ich werde Euch nicht zu ihm führen.«
Der Prinz runzelte nachdenklich die Stirn. Aber Thomas der Jäger nickte nur so, als hätte er alles verstanden. Und ein anderer begann laut zu lachen.
Bis jetzt war er unbemerkt geblieben. Reglos wie eine Statue war er im Schatten eines Felsens gestanden. Die weiße Mähne und seine Haut verschmolzen so innig mit dem Eis und dem Schnee, daß es auch jetzt noch schwer war, ihn deutlich zu sehen. Er kniff seine topasfarbenen Augen zusammen.
Noch während er lautstark lachte, nahm Thomas der Jäger das Wort.
»Du!« sagte er. »Ich dachte mir schon, du wärst hier auf dem Berg, als ich vor kurzem die Geschichten hörte, die man sich im Dorf erzählt. Vierzig Jahre sind es her, daß ich dich hier zum letzten Mal sah...«
»Und mir einen Pfeil nachschicktest!«
»Damals wußte ich nicht, wer – oder was – du bist!«
Der Prinz ließ seine Blicke von einem zum anderen wandern.
»Ich kenn mich überhaupt nicht aus«, sagte er.
Der Mann trat aus dem Schatten hervor; der Wind zauste sein dichtes weißes Haar.
»Ich bin Bargas«, stellte er sich vor.
Einen Augenblick lang herrschte Stille. Der Prinz schien nicht imstande zu sein, ein Wort hervorzubringen. Doch Mummel fand seine Stimme rasch wieder.
»Ich hätte es wissen müssen«, flüsterte er. »Wer sonst könntest du sein?«
Worauf der Prinz seine Fassung einigermaßen zurückgewann und vortrat, so daß er nun vor seinen Männern stand.
»Wenn du das bist, was die Sagen von dir erzählen...«

»Und das bin ich«, bestätigte Bargas.
»Und wenn ich dir eine Frage stelle...«
»Muß ich sie wahrheitsgemäß beantworten.«
Thomas der Jäger trat an die Seite seines Herrn und legte eine Hand auf seinen Arm.
»Seid vorsichtig, Herr!« warnte er. »Die Wahrheit ist zweischneidig und führt oft in die Irre.«
Jeffrey achtete nicht auf ihn. Schweigend starrte er Bargas ein oder zwei Sekunden lang unverwandt an. Keiner bewegte sich. Dann sprach der Prinz still und schlicht:
»Zwölf Jahre sind vergangen, seit der Sohn des Königs aus dem Palastgarten gestohlen wurde. Wir suchten in der ganzen Welt nach ihm, bis wir alle Hoffnungen aufgeben mußten. Die Königin ließ nicht mehr zu, daß sein Name ausgesprochen wurde. Sie trauerte um ihn, es brach ihr fast das Herz, und sie versuchte ihn zu vergessen.«
»Und ist ihr das gelungen?« fragte Bargas unbewegt.
»Es war ein schöner, sonniger Tag, und das Baby lag auf der Wiese, denn seine Mutter hatte es gebadet«, berichtete der Prinz.
»Das Kind war nur in ein weißes Seidentuch gehüllt...«
»Oh!« unterbrach ihn Mummel. »Gleich dem, das...«
»Jawohl«, sagte der Prinz, »gleich dem, das ich dir gab, als du dir den Knöchel verstauchtest.«
Und dann richtete der junge Mann einen ernsten Blick auf Bargas.
»Ich habe die Absicht, dem König seinen verlorenen Sohn wiederzubringen«, erklärte er.
Ein Chor angstvollen Meckerns ertönte. Mummel blickte auf und sah eine Reihe wolliger, besorgter Ziegengesichter, die von einem hohen Felssims herabstarrten. Sie riefen ihm zu:
»Verlaß uns nicht, Mummel!«
»Das darfst du nicht! Das kannst du nicht!«
»Du gehörst zu uns – und wir gehören zu dir! Was sollten wir ohne dich anfangen!«
»Was ist denn mit den Ziegen los?« fragte Prinz Jeffrey.
Bargas streifte Mummel mit einem Seitenblick, und der Junge be-

merkte die glitzernden Augen und den fragenden Ausdruck in seinen Zügen.
»Warte ... warte ...!« bat Mummel.
»Ich will die Wahrheit von dir wissen«, sagte der Prinz. »Obwohl mir scheint, daß die Lösung des Rätsels klar auf der Hand liegt. Er hat das Aussehen, aber ich möchte Sicherheit.«
Mummel blickte um sich – auf den Berg, auf seine Felsen, auf das Eis und den Schnee, auf seine Nebel und Tiefen. Er blickte auf seine Ziegen, die ihn mit runden, traurigen, gelben Augen anstarrten. Das waren die Tiere, die er kannte – die Welt, die er kannte. Und dann gab es auch noch die Welt der Nacht, das Königreich der Magie ...
Ein Prinz, dachte der Junge, muß unter Menschen leben. Er darf nichts mit Zauberei und Verwunschensein zu schaffen haben. Er darf nicht fremd – er darf nicht anders sein. Er muß Gesetze erlassen und Kriege führen, nicht Verse und Lieder und Märchen schreiben ...
Aber ... die Königin! Mit weißen Strähnen im Haar und Trauer in den Augen. Mummel unterdrückte ein Schluchzen. Denn er dachte auch an Mutter Meg. Mutter Meg, wie sie Feuer machte und die Hafergrütze zubereitete und ihm einen Gutenachtkuß gab. Und Simon, der den Pferden Zucker brachte. Er dachte an den Hof, und er preßte die Faust fest um seinen silbernen Ring zusammen.
Und dann hörte er die Stimme des weißhaarigen Bargas, die in weithallendem Befehlston ausrief:
»Herr der Finsternis! Bei der magischen Schlinge, die um deine Schultern fiel, verlange ich von dir: Gib den Knaben Jeffrey frei!«
Die Luft geriet in Bewegung. Der Wind wurde zum Sturm. Mummel erhaschte einen flüchtigen Blick in die Nachtwelt unmittelbar neben ihnen. Sterne, gläserne Blätter, schwarze Schatten und die Augen sonderbarer und befremdender Wesen. Und das Gesicht des Zauberers, um dessen Lippen ein seltsames Lächeln spielte.
Das Schlupfloch schloß sich wieder. Und neben Mummel stand der Knabe Jeffrey.

»Ich warte auf deine Antwort, Bargas«, drängte der Prinz. »Wo ist der verlorene junge Prinz?«
Und sehr langsam und bewußt streckte Bargas die Hand aus und berührte die Schulter des Jungen – Jeffrey.
»Hier«, antwortete er.
»Aber – woher kommt er? Eben noch war er nicht hier!«
»Er kommt aus dem Nächtlichen Königreich, wo er lange gefangengehalten wurde«, lautete Bargas' Antwort. »Sein Name ist Jeffrey. Unter der goldenen Kette trägt er das seidene Tuch um den Hals.«
Während er das sagte, verschwand die Kette.
Der ältere Jeffrey ging auf den Knaben zu und berührte das weiße Tuch.
»Es ist das gleiche«, sagte er verwundert. »Für alle Kinder meines Hauses werden solche Tücher gewebt. Ein alter Brauch. Bist du also mein Neffe, Junge?«
Der Lautenspieler zuckte ein wenig vor der freundlichen Hand zurück.
»Ich weiß es nicht«, antwortete er. »Ich erinnere mich nicht. Ich war in einem schrecklichen Gefängnis – aber sogar die Erinnerung daran verblaßt schon. Ich sehne mich nur nach meinem Zuhause – und weiß gar nicht, wo mein Zuhause sein könnte.«
»Ich bringe dich hin«, sagte der Prinz. »Deine Rückkehr wird mit großem Jubel gefeiert werden.«
Er biß sich auf die Lippen und streifte Mummel mit einem verwirrten Blick.
»Und doch...« murmelte der Prinz, »und doch... Ich hätte schwören können...«
»Zweifelst du an meinem Wort?« fragte Bargas.
»Ich weiß, daß du nicht lügen kannst. Leb wohl, Mummel«, sagte der Prinz, Abschied nehmend.
Er machte kehrt, legte den Arm um die Schulter des Knaben Jeffrey und ging die Felsrinne hinab. Jäger und Hunde folgten ihnen.
Nur Thomas blieb zurück. Nachdenklich beäugte er Bargas und richtete dann den Blick auf Mummel.

»Hm«, sagte er, »ich hoffe, ihr beide wißt, was ihr tut.«
Und er folgte den anderen.
»Was hat den Herrn der Finsternis bewogen, ihn gehen zu lassen?« fragte Mummel nach einer Weile.
»Er hat die Schlinge um die Schultern«, grinste Bargas. »Er mußte dem ersten Befehl gehorchen, den er erhielt. Wetten, so was passiert ihm kein zweites Mal!«
»Ich weiß nicht recht«, sagte Mummel. »Er könnte es sogar gern getan haben.«
Er erinnerte sich an das Lächeln des Zauberers. Dann fragte er:
»Und wie kam ich in das Nest der Henne?«
»Ich habe dich hineingelegt«, antwortete Grimbold.
Mummel starrte ihn an. Die schwarzen Pfoten gefaltet, die Augen groß und unschuldig, saß der Kater auf einem Felsblock im Schnee.
»Wo warst du denn die ganze Zeit?« wollte der Junge wissen.
»Hier.«
»Ich habe dich nicht gesehen.«
»Niemand sieht mich, wenn ich nicht gesehen werden will.«
»Na schön! Aber wozu das Nest der Henne?«
Grimbold gähnte, und Bargas schnauzte ihn an:
»Sag es ihm!«
»Auf meine Weise, und wenn es mir paßt«, sagte der Kater gelassen. »Also das war so, mein lieber Mummel: Wem du gestohlen wurdest, brauche ich ja nicht mehr zu erwähnen, nicht wahr? Der Herr der Finsternis wollte nicht nur einen Lautenspieler, sondern auch einen Dichter haben, und darum holte der Adler dich aus dem Garten deiner Mutter. Doch als du in den Roten Turm kamst, sprachen wir die Sache durch, Gareth und ich. Wir konnten den Gedanken nicht ertragen, noch so einen Kriecher und Duckmäuser wie Jeffrey dort zu sehen ...«
»Warum hat der Herr der Finsternis ihm die Schlupflöcher verschlossen?« unterbrach ihn Mummel. »Ein Sänger hätte doch kommen und gehen können und ...«
»Selbstverständlich«, stimmte der Kater ihm zu. »Der Zauberer war ein Tyrann und ein Idiot. Hätte sich der Junge frei bewegen

dürfen, würde er sich vermutlich dafür entschieden haben, hin und her zu pendeln, wie du es tust. Ich glaube, der Zauberer tat es nur, um Gareth zu ärgern.«

Mummel stieß einen tiefen Seufzer aus.

»Die Königin . . .« setzte er an und verstummte.

Bargas streckte sich wie eine riesige Katze.

»Sie hat wieder ein Kind«, sagte er. »Ich habe die Wahrheit gesagt – versteht sich! Der Knabe Jeffrey ist tatsächlich ein verlorener Prinz.«

»Vor fünfhundert Jahren verlorengegangen«, grinste Grimbold sardonisch. »Das hast du ihnen nicht gesagt.«

»Sie haben mich ja auch nicht danach gefragt«, schnurrte Bargas tief in seiner Kehle.

Schnee stob in dichten Flocken vom Sims über ihnen herunter und ließ die Konturen seines Körpers verschwimmen. Ein eisiger Wind heulte durch die schmale Felsrinne, und zwischen den tanzenden weißen Flocken trat der große weiße Löwe hervor – Bargas. Sein dichtes Fell schimmerte, und die Mähne um seinen edlen Kopf glänzte wie Seide. Wieder streckte er sich, und seine Tatzen schimmerten. Er gähnte herzhaft und sagte:

»Gute Nacht, Euer Ehren! Gute Nacht, Hoheit!«

Und verschwand.

Begleitet von Grimbold und den Ziegen stieg Mummel langsam den Berg hinunter. In seinem Kopf nahm ein Lied Gestalt an. Ein trauriges Lied – ein fröhliches Lied – ein Zauberlied.

Er stellte sich die Frage, wie Gareth es aufnehmen würde, geliebt zu werden. Ob der Herr der Finsternis es jemals schaffen würde, einen Extramond in seine Umlaufbahn zu bringen – und ob er immer noch den silbernen Ring von ihm verlangen würde, wenn Mummel das nächste Mal durch ein Schlupfloch ging und dem Nächtlichen Königreich wieder einen Besuch abstattete. Ob wohl . . .

»Sprich mit uns«, bat ihn eine kleine Ziege und stieß sanft gegen sein Knie. William schob sie zur Seite.

»Du hältst die Klappe, Winnie!« sagte er. »Mummel tut etwas, wovon du nichts verstehst – er denkt!«

Bargas antwortet

Erkenne mich und meinen Namen!
Ich sag es allen, die da kamen,
um mich zu fragen – heut und immerdar:
»O sag mir, Bargas, was ist wahr?«

Die Wahrheit ist, was wir zu denken wagen,
und ändert ihre Form von Tag zu Tag.
Das Faktum leicht zur Lüge werden mag,
wenn es dir so beliebt zu sagen.

Blick in mein Aug', das kalt wie Stein!
Hol dir die Antwort; kehre um, dann kannst du gehen.
Die ganze Wahrheit ist nur Schein
und läßt nur da und dort ein Teilchen sehen.

JENNY NIMMO

NACHMITTAG MIT HARLEKIN

EINE PHANTASTISCHE GESCHICHTE

Nur einmal in hundert Jahren kommen Harlekin und die Komödianten in das sizilianische Dorf Calascina. Auf wunderbare Weise verstehen sie es, die Menschen glücklich zu machen. Wie immer, wenn sie in Calascina sind, spielen sie in dem verlassenen Theater der Adelsfamilie Montorella. Dort, im hintersten Winkel des Gartens, steht auch die Statue des bronzenen Trompeters, ihres alten Freundes. Auch der kleine Paolo Montorella verbringt viele Stunden bei diesem Trompeter, denn er ist sehr allein. Sein Vater ist im Krieg verschollen, und seine Mutter verläßt ihr Zimmer kaum. Paolo ist gezwungen, seine Tage mit der hartherzigen, strengen Gouvernante, Fräulein Clara, zu verbringen. Der Tag, an dem Harlekin und die Komödianten nach Calascina kommen, bringt eine große Wende in Paolos Leben.

ANNETTE BETZ VERLAG